KB082222

여름 샤베트

여름 샤베트

박세아

김지현

서영희

물결

불제비

채온

여러분, 샤베트를 맛본 적 있나요? 색색의 과일과 차가운 얼음으로 만들어진 새콤달콤 샤베트는 재료에 따라 색깔도, 맛도 완전히 달라지지요. 뜨거운 여름, 샤베트 한입이면 꿉꿉했던 기분도, 땀이 쩔쩔 나 불쾌하던 마음도 사르르 녹아 없어져 버려요.

여름의 맛은 어떤 맛일까요? 이 책의 제목인 〈여름 샤베트〉속 이야기들은 정해진 맛, 색, 냄새가 전혀 없답니다. 그래서 여러분이 원하는 대로 완성해 볼 수 있어요. 우리는 동시에 같은 것을 보아도 각자 자신만의 관점으로 다양하게 바라보게 되지요. 제가 기억하는 바다 냄새, 문방구 냄새, 엄마 냄새, 강아지 냄새 심지어 말똥 냄새도 여러분이 기억하는 냄새와 아주 많이 다를 수 있고, 제가 생각하는 여름의 색깔이 여러분이 생각하는 색과 다른 것처럼요. 그래서 책 속의 장면들은 우리가 각자 가지고 있는 머릿속 물감과 향기로 새롭게 색칠해 볼 수 있어요!

각기 각색의 개성을 지닌 작가들이 만들어낸 이야기들은, 정형화된 그림 대신 한글이라는 아름다운 우리말로 여러분에게 다가가고 있어요. 책을 읽고 있는 우리 모두가 자신만의 목소리로, 색깔로, 향기로 이야기 속의 목소리, 풍경, 주인공의 생김새, 음식의 냄새까지 만들어 낼 수 있지요. 그렇기 때문에, 이 책에는 굉장히 특별한 주인공이 있답니다. 바로 지금 이 글을 읽고 있는 여러분이죠!

나만의 독특한 그림체로 책 속의 모든 것들을 마음껏 상상해 보세요. 그리고, 그 중 한 장면을 뽑아 친구들과 함께 이야기를 나눠 보세요! 같은 점이 무엇이고 다른 점이 무엇인가요? 여러분만의 마음속 팔레트로, 여섯 개의 이야기들을 그려 본다면, 더욱 특별한 이야기를 들려줄 수 있을 거예요. 여러분의 여름 샤베트는 어떤 맛인가요?

- 공동저자 中 박세아

차 례

가지 치는 할머니

박세아

박세아　　이화여자대학교에서 음악을 전공했다. 졸업 후 공연기획자가 되어, 〈핑크퐁과 아기
　　　　　상어〉 뮤지컬 시리즈를 비롯해 다양한 분야의 공연을 기획해 전 세계를 누볐다. '내
　　　　　이름과 똑같은 책 속 주인공을 만나보고 싶다'는 어릴 적 꿈을 지니고 살다, 본격적
　　　　　으로 나만의 이야기를 세상에 들려주고 싶어 책을 쓰게 되었다. 실제로 진드기처럼
　　　　　붙어 다니던 여동생이 있다.

　　　　　인스타그램: @monsoirnatalie
　　　　　이메일: cestnatp@gmail.com

"언니, 나도 갈래"

오늘도 시작됐다. 김방굴의 조르기. 내가 놀러 나가려고 신발을 신고 있을 때면, 귀신 같이 알고 달려와 따라가겠다고 말한다.

"언니 바빠! 그리고 오늘은 동생 데려오지 않기로 했단 말이야. 혼자 놀아."

나는 이제 초등학교 5학년인데 유치원 다니는 동생과 놀기엔 수준이 안 맞는다. 특히나 내 동생은 지구상의 모든 것을 다 무서워하는데, 심지어 신나서 소리 지르는 내 친구들의 목소리에도 무섭다고 찔찔 짜며 운다. 나는 그때마다 노는 것을 중단하고 울음을 그치도록 도와줘야 하는데, 정말이지 친구들의 눈치가 보인다.

"엄마! 언니가 나 안 데려간대!"

동생은 가짜 울음이 섞인 목소리로 엄마에게 고자질을 하기 시작했다. 집에 혼자 있기가 무섭다나 뭐라나. 울면서 주절대는 탓에 뭐라고 일러바쳤는지 다 알아들을 순 없었지만 또 나를 따라가겠다는 말이겠지.

곧이어 엄마가 주방에서 크게 외쳤다.

"꼼지야, 방굴이도 지현이 생일파티에 같이 좀 데려가 줘."

나는 오늘도 동생을 데려가라는 엄마의 말을 듣고는 화가 나서 발을 세게 구르고 싶었다. 하지만 하나, 둘, 셋 마음속으로 숫자를 그렸다. 그리곤 단호하게 대답했다.

"안돼 엄마, 지현이가 우리 반 친구들만 초대했단 말이야. 우리 반 사람 아니면 안 된 댔어."

혹여 동생이 따라 나올까 봐 재빨리 현관문을 빠져나가려는데, 물이 뚝뚝 떨어지는 고무장갑을 급하게 벗으며 엄마가 신발장으로 휙 걸어 들어왔다.

"같은 반은 아니지만 네 동생이잖아. 애기니까 친구들도 봐줄 거야. 그리고 오늘은 조용히 네가 노는 거 구경만 한다고 약속했어. 그렇지?"

동생을 데리고 나가라는 엄마의 부탁이 이번이 처음은 아니었지만 오늘따라 유달리 더 짜증이 났다. 내가 제일 좋아하는 친구 지현이의 생일파티라, 이번만큼은 친구들의 눈치를 보지 않고 마음껏 놀고 싶었기 때문이다. 하지만 날 더욱 열받게 한 것은 엄마 뒤에 숨어서 착한 척 끄덕이는 김방굴의 표정 때문이었다.

"엄마, 오늘은 정말 안돼. 친구들이 나랑 놀기로 할 때마다 동생이 안 오는지 확인하고 나서야 끼워준단 말이야. 오늘도 얠 데려가면 분명 뒤에서 수군덕댈 거야."

나는 엄마가 납득할 것이라고 생각했다. 내가 한 말들은 정말 설득력이 있었다.

"오늘은 엄마가 일하러 나가야 하니까 동생이랑 같이 가주면 좋을 것 같은데… 한 번만 부탁할게."

엄마는 내 마음을 이해하지 못하는 게 분명했다. 목구멍부터 짜증이 끓어올라왔지만, 말 끝자락에 지은 엄마의 작은 미소 속에서 난감한 표정이 보였다. 엄마는 그냥 웃은 것 일 텐데, 왜 내 눈에는 엄마의 한숨이 보이는 걸까.

결국 나는 한숨을 푹 쉬고 억지로 고개를 끄덕인 후, 짜증이 섞인 목소리로 말했다.

"알았어, 엄마. 야! 진드기 빨리 나와."

엄마는 재빨리 동생에게 고맙다는 인사를 하도록 시켰다. 동생은 입을 삐쭉 내밀며 왜 고맙다고 해야 하는지 모르겠다는 얼굴이더니, 엄마의 눈을 의식했는지 바로표정을 바꿔 눈웃음을 쳤다.

"언니 고마워."

엄마도 빙긋 웃으며 동생이 신발 신는 것을 도와주었다. 신발도 제 손으로 못 신는 주제에, 매번 진드기처럼 따라붙는 게 정말 싫었다. 오늘은 지현이에게 뭐라 설명을 해야 할지. 친구들에게는 또 어떤 핑계를 대야 할까 머릿속이 복잡해졌다.

우리 동네에는 어제부터 추적추적 비가 오기 시작했다. 집을 나서기 전엔 시원하게만 느껴지던 비가 갑자기 축축 기분 나쁘게 느껴졌다. 우산에 맺혀 흘러내리는 물방울이 꼭 내 마음 같았다.

동생은 집 밖으로 나가면 내 손을 꼭 잡는다. 특히나 오늘처럼 비가 올 때는, 한 손엔 우산 다른 손엔 동생 손을 잡아줘야 해서 내 손은 자유로울 틈이 없다. 잡은 손이 가끔 헐거워지면 힘을 줘 꽉 잡아달라고까지 요구한다. 그리곤 몇 발자국 걷지 않고는 힘이 든다며 내 손에 자기 몸을 의지하기 시작한다. 늘 이런 식이다. 자유를 빼앗기는 것이 이런 느낌일까?

"언니! 손이 헐렁해, 손을 좀 꼭 잡아."

동생은 두 손으로 내 손 마디마디를 구부려 자기 손에 감싸게 한 뒤 힘을 주라고 말했다. 분위기 파악도 못하면서 자기가 원하는 것만 요구하는 모습에 속이 부글부글 끓었다. 잡은 손을 빼버리고 혼자 뛰어가고 싶었다. 하지만 닫히는 현관문 틈으로 비춘 엄마의 안도하는 표정이 떠올라 하나, 둘, 셋 마음속 숫자를 세며 참았다.

나는 동생을 데려온 이유에 대해 뭐라고 말할지 계속 생각했다. 엄마가 편찮으셔서 데리고 왔다고 할까? 동생이 지현이를 좋아해서 같이 놀고 싶다고 할까? 내 동생이니까 우리 반이나 마찬가지라고 우겨볼까?

내가 생각해도 말이 안 되는 이유들이었다. 그럴듯한 핑계가 하나도 떠오르지 않아 그냥 집에 돌아갈까 생각하던 찰나, 눈앞 유리문에 멍 때리는 내 모습이 비쳤다. 벌써 지현이네 아파트 입구에 도착해 버린 것이다. 지현이네 집이 우리 집에서 이만큼이나 가까운지 몰랐다.

'내 동생이 지현이네 강아지를 보고 싶어 해서 어쩔 수 없이 데려왔어.'

엘리베이터를 안에서, 그럴싸한 말이 하나 떠올랐다. 지현이는 하얀 몰티즈 한 마리를 키우는데, 제 강아지가 동네에서 제일 예쁘다고 생각하는데다가, 매일같이 자랑을 했었다. 강아지를 보러 왔다고 하면 동생을 반기지는 않아도 으쓱해서 한번 슬쩍 넘어가 줄 것 같았다. 나 스스로가 대단하게 느껴졌다. 이렇게 딱 들어맞는 이유를 생각해 냈다니! 나는 싱글벙글 웃음이 났다. 친구들이 또 동생을 데려왔다고 다시는 모임에 끼워주지 않을까 괴로웠던 마음이 빗물에 씻겨 깨끗해진 것 같았다. 당당하게 생일파티에 참여할 용기가 생겼다.

내가 만들어낸 핑계가 착착 들어맞길 기대하는 마음으로 현관에 들어 선 순간, 지현이네 강아지는 우리를 보고 왈왈 짖어댔다. 아뿔싸! 김방울은 짖는 개를 무서워했다. 내가 왜 이 생각을 못했을까? 동생은 울기 시작하더니, 신발을 벗지도 못하고 바짝 얼어서는 집에 돌아가겠다고 성화였다.

'왜 저 개는 재수 없게 짖는 거지? 내가 생각해 온 핑계는 말해볼 수도 없게 되었잖아?'

마음속으로 고함을 쳤다. 하지만 집을 나설 때 보았던 엄마의 표정이 떠올라하나, 둘, 셋 마음속으로 숫자를 세며 참았다.

우리를 향해 연신 짖어 대는 강아지를 지현이 엄마가 안아 올렸다. 그러고는 한참 조용히 하라는 잔소리를 했다. 지현이는 나를 반겨주다가 내 뒤에 붙어있는 동생을 보고는 눈에 힘을 주어 째려보았다. 뭐라고 말해야 할지 입이 바짝바짝 말라 머뭇대고 있었는데, 지현이 아줌마가 우리를 향해 말을 걸었다.

"아줌마가 음식을 많이 준비해서 다 먹을 수 있을까 걱정했거든. 근데 이렇게 한 명이 더 와서 정말 다행이다."

눈을 흘기던 지현이도, 머릿속에 뱅뱅 맴돌던 말들도 모두 상관없어졌다. 나는 한결 가벼운 마음으로 식탁 앞에 자리를 잡고 앉았다. 생일 축하 노래를 다 함께 목청껏 부른 후, 친구들은 하나둘씩 준비한 선물을 꺼내 지현이에게 주었다. 하지만, 나는 가져왔어야 할 선물의 행방이 기억나질 않았다. 분명 손에 들고 있었는데… 집에 두고 왔을까? 우산을 펼 때 내려놓았을까? 오는 길에 나도 모르게 흘렸을까? 나는 집게손가락을 구부려 엄지에 갖다 대고 연신 손끝을 뜯었다. 얼굴이 뜨거워졌다. 등에선 따가운 땀이 맺혔다.

선물 증정식 이후로 몇 분이 몇 시간처럼 느껴졌다. 집에 가고 싶다는 마음만 간절했다. 동생이 놀이터에서 괴성을 지르며 울 때도, 이렇게 창피하진 않았었다. 친구들이 이 순간을 잊어버렸으면 좋겠다고 생각했지만, 내 희망 사항일 뿐이었다. 생일파티가 어떻게 끝났는지 기억도 나질 않는다.

집으로 돌아가는 길, 눈치 없이 내 손을 꼭 잡고 있는 동생이 미웠다. 소리를 꽝꽝 지르고 발을 동동 구르고 싶었다.

'김방굴이 태어난 후로 되는 일이 하나도 없어. 쟤는 왜 내 동생

인 거야? 왜 맨날 나만 따라다니는 거야?'

나는 소리를 지르는 대신 눈앞에 보이는 나무에 냅다 발길질을 했다. 화가 조금 풀리는 것 같았다. 더 세게, 그리고 더 빨리 나무를 걷어차며 분풀이를 하는데, 갑자기 내 몸이 공중에 떠올랐다.

푸드덕.

휘익.

쿵!

비 온 뒤 미끄러워진 흙바닥에 벌러덩 넘어지고 말았다. 나는 창피함으로 온몸이 얼룩지다 못해 분노가 치밀었다.

"왜! 내 발도 내 맘대로 안되는 건데!"

땅바닥에 널 부려져 누운 나는 소리를 질렀다. 분노의 끝엔 알 수 없는 외로움이 찾아왔다. 나를 이해해 주는 사람은 세상에 단 한 명도 없을 것이라 생각하니 눈물이 났다. 친구의 파티까지 동생을 붙인 엄마에게 서운했다. 아니, 서러웠다! 길바닥에 누워 찔찔 짜는 건 김방굴이나 하는 짓이기 때문에 붉어진 내 얼굴 위로 차가운 빗방울이 쏟아졌으면 했다. 그런데 그 대신 덩실 보름달 같은 동그란 얼굴이 쏟아졌다.

"아야! 그렇게 발로 차면 나무가 아파."

머리카락도, 모자도, 웃는 입속에 드러난 이빨 까지도 하얀 할머니가 잔뜩 골이 난 내 모습을 내려다보고 있었다.

"꼼지야, 내 정원에서는 너도 나무란다."

무슨 소린지 알 수가 없었다. 내가 나무라니, 나는 사람인데. 그런데 이 할머니는 누굴까? 내 이름을 어떻게 알고 있지? 할머니를 향한 물음표가 마구마구 떠올랐지만, 입이 풀로 붙인 듯 딱 붙어 아무 말도 할 수 없었다. 꼼짝없이 얼어있는 나를 일으켜 주려는 듯 할머니가 손을 내밀었다.

"놀라지 말렴, 나는 가지 치는 할머니란다. 울고 있는 아가들을 보면 그냥 지나칠 수가 있어야지."

할머니는 빨강, 노랑, 초록, 주황 꽃무늬 화려한 앞치마를 둘렀는데, 앞치마 앞면엔 큰 호주머니 두 개가 달려있었다. 한쪽에는 커다란 가위, 다른 한쪽에는 기다란 면봉과 빨간 약병이 꽂혀 있었다.

'세상에 저렇게 큰 가위를 가지고 다니는 사람이 어디 있을까? 게다가 스스로 가지 치는 할머니라니, 미친 할머니가 아닐까.'

머릿속이 온갖 무서운 생각으로 가득 찼다. 할머니는 빨간 약과 면봉을 주머니에서 꺼내더니 내 팔과 다리에 발라주었다. 따끔따끔 욱신욱신했다. 할머니는 약을 바른 곳을 호호 불어주고는 혀를 쯧쯧 차며 말했다.

"오늘도 따끔따끔했지? 내일 네 키가 한 뼘 더 자랄 것을 생각하면 어쩔 수가 없구나. 오늘도 모난 가지를 잘라내느라 고생이 많았다 꼼지야."

도통 무슨 말인지 모를 일이었지만, 할머니가 약을 발라주고 나니, 오늘 속상했던 일로 잔뜩 굳어진 내 마음이 말랑말랑하게 변하는 것 같았다. 나도 모르게 할머니를 향해 말을 내뱉기 시작했다.

"할머니! 저는 2층 침대의 꼭대기도 동생에게 양보해야 하고요,

좋아하는 인형들도 동생에게 물려줘야 해요. 그리고 아끼느라 몇 번 입지도 못한 보라색 원피스도 엄마가 맘대로 동생에게 줬어요. 내 물건을 물려주거나 양보하는 건 그래도 참을 수 있어요. 그런데 동생 때문에 친구들에게 소외되는 건 정말 싫어요."

이상한 일이었다. 나는 늘 속에서부터 올라오는 말들을 삼키기 위해 숫자를 세는 버릇이 있는데, 오늘 처음 보는 할머니에게 지난주부터 마음속 깊이 쌓아뒀던 서운함을 털어놓고 있었다. 엄마가 속상할까 하지 못했던 말들, 언니답게 행동해야 해서 차마 말하지 못했던 것들까지 입 밖으로 터져 나왔다. 마음속 끓어오르던 뜨거운 용암이 한소끔 식는 듯했다. 할머니는 바닥에 나자빠져 불평을 내뱉고 있는 나를 일으키며 말했다.

"꼼지야, 할머니 정원에 한번 놀러 가볼래?"

나는 지금껏 혼자 멀리 떠나본 적이 한 번도 없었기 때문에, 동생을 데려가도 괜찮은 걸까 궁금했다. 그러다 퍼뜩, 엄마가 아무나 따라가면 안 된다고 한 말이 떠올랐다. 망설이며 어물거리고 있는데, 갑자기 두 발이 쑥 땅으로 꺼졌다. 나무를 발로 차서 할머니가 벌을 내리는 게 아닐까 덜컥 겁이 났다. 살려 달라고 소리를 지르고 싶었지만 입이 말을 듣지 않았다. 내 발은 마치 깊은 진흙 속에 빠진 것처럼 꼼짝없이 가라앉고 있었다.

무릎까지 땅속으로 가라앉았을 때, 나는 고개를 움직여 주변을 살폈다. 동생을 찾아야만 했다. 그런데 아무도 보이지 않았다. 김방굴은 대체 어디로 간 걸까? 할머니를 보고 혼자 도망쳐버린 걸까?

나는 어떻게 해야 할지 몰라 마음속이 까맣게 타는 것 같았다. 별안간 발바닥이 땅에 닿질 않았다. 이후 내 몸은 순식간에 밑이 뻥 뚫린 기다란 미끄럼틀을 타고 빠르게 아래로 빨려 내려갔다.

쑤욱.

휘리릭.

쿵!

또 한 번 나자빠지고 말았다. 그런데 이상하게도 아프질 않았다. 마치 푹신한 침대 위로 점프 한 느낌이었다. 나는 용기를 내어 실눈을 떴다. 내 눈앞엔 초록색 풀이 흔들거리고 귓가엔 여름이 속삭이는 듯 부드러운 바람소리가 불어왔다. 멀리서 새가 짹짹 지저귀고, 매미는 시원한 울음소리를 내며, 기분 좋은 음악을 연주하고 있었다.

"이제 일어나 봐야지? 할머니의 정원이 궁금하지 않니?"

고개를 올려다보니, 가지 치는 할머니가 나를 바라보고 있었다.

"할머니, 김방굴은요?" 나는 사라진 동생의 행방이 궁금했다. 사실 조금 걱정도 됐다.

"방굴이는 정원 반대편에서 기다리고 있단다. 곧 만나게 될 게야."

혹시나 동생을 잃어버렸을까 내 마음속을 짓누르던 것이 눈 녹듯 사라졌다.

나는 몸을 일으켜 눈앞에 펼쳐진 풍경을 바라보았다. 끝도 없이 펼쳐진 푸르른 대지위에 수많은 나무가 나부껴 기분 좋은 웃음소리를 내고 있었다. 내 머릿속에서 끊이지 않던 생각들이 한순간에 사라졌다. 뱃속 깊은 데부터 참을 수 없는 비눗방울이 터져 나왔다.

이젠 혼자 실컷 놀아볼 수 있을 거란 생각에 심장이 쿵쾅대기 시작했다. 머릿속은 빨리 할머니의 정원을 보고 싶다는 생각으로 가득 찼다.

할머니와 나는 정원 가운데 커다란 나무로 걸어 들어갔다. 나무에 가까이 갔을 때쯤, 하늘에서 기다란 잎사귀들이 내려와 부들부들 내 몸을 간질여주었다.

"이 나무는 가지가 부들부들 부드럽다 해서 버들나무라고 불린단다. 정원에 놀러 온 손님들을 어루만져 주면서 인사하지."

버들나무가 어루만지는 손길이 왠지 익숙한 느낌이었다. 엄마랑 침대에 누워 있으면, 손가락으로 자장자장 내 등을 두드려 줄 때가 있는데, 그때가 떠올라 편안한 기분이 들었다.

할머니와 나는 나무그늘 안, 작은 그루터기 의자에 앉았다. 시원한 그늘에 앉아 나뭇잎 사이에서 반짝거리는 햇살을 올려다보고 있으니, 생일파티의 주인공이 된 것처럼 특별한 기분이 들었다.

할머니는 주머니에서 빨간 꽃을 꺼내 입에 가져갔다.

"쪽쪽, 아유 달다."

할머니는 꽃 하나를 더 꺼내 꽃받침을 조심스럽게 뜯어 내 입에 물려주었다.

"사루비아라는 꽃이란다. 그렇게 멀뚱히 입에 물고만 있지 말고, 먹어봐."

꽃을 먹어본 적은 없었는데. 빨간 사루비아 꽃을 빨아먹으니 달콤한 꿀맛이 났다. 나도 모르게 웃음이 툭 튀어나왔다. 할머니는 주머니에서 꽃을 몇 개 더 꺼내 주며 말했다.

"사루비아는 용기가 없어하지 못하는 말도 술술 내뱉을 수 있게 도와준단다."

먹는 법을 터득해 신나게 꽃을 빨아먹고 있는데, 숲속 먼발치에서 수상한 움직임이 보였다. 큰 벌레나 뱀이 아닐까 잔뜩 겁이 났다. 드디어 나무를 발로 찬 천벌을 받는 순간이 왔다는 생각이 들었다. 하지만 풀숲을 헤치고 나온 것은 작은 고슴도치들이었다. 고슴도치의 등엔 삐죽삐죽한 나뭇가지가 잔뜩 매달려있었다.

"오늘도 잔가지를 많이 모아 왔구나, 수고했다 도치들아."

할머니는 고슴도치의 뾰족한 가시에서 잔가지를 떼어주곤, 주머니에서 사루비아 꽃을 꺼내 꽂아 주었다.

"이만하면 되었다. 너희들이 없으면 정원일이 제대로 돌아가질 않아. 고맙구나."

엉덩이를 씰룩대며 돌아가는 고슴도치들의 뒷모습이 귀여워 킥킥 웃음이 났다. 동물 백과 책에서 본 고슴도치는 쥐처럼 징그러웠는데, 실제로 보니 앙증맞았다. 저렇게 작은 동물이 할머니를 도와준다는 것이 신기했다. 무엇보다, 할머니를 도와 정원을 가꾸는 모습이 믿음직스럽게 느껴졌다.

할머니는 고슴도치 가시에서 빼낸 나뭇가지들을 손으로 엮어 끈으로 묶었다. 묶인 가지들이 마치 꽃다발처럼 보였다.

"나무는 이렇게 잔가지를 정리해 주지 않으면 잘 자라나질 못하지. 사람도 마찬가지야. 우리는 매일 기분 나쁜 일, 내 뜻과 정 반대

되는 일들을 경험하곤 하는데 그때마다 마음에 상처를 입지. 그런데 말이야 그게 모두 잔가지를 쳐내는 일과 같단다. 그 과정이 없으면 바르게 성장할 수가 없어."

동생이 날 폭발하게 할 때, 친구들의 눈총을 받았을 때. 나는 설명할 수 없는 마음속 따끔거림을 느끼곤 했다. 그게 내 마음속 잔가지를 쳐내는 일이었던 걸까? 마음이 쓰렸다.

"꼼지야, 우리 꼼지나무에 한번 가볼래?"

생각에 사로잡혀 있는 나에게 할머니는 또다시 손을 내밀었다.

"꼼지나무? 이름이 나랑 똑같네?"

평소라면 생각만 했을 말이 입 밖으로 튀어나왔다. 나와 이름이 똑같은 나무가 있다는 게 재미있었다. 꼼지나무는 나처럼 키가 작은 지, 꽃은 어떤 모양인지, 열매가 있다면 어떤 맛일지 궁금해서 참을 수가 없었다. 서둘러 할머니의 손을 잡았다.

할머니를 따라 정원의 풀숲 사이로 난 좁은 길을 걸었다. 걸음을 옮길 때마다 풀들이 서로 부딪히며 향기로운 냄새를 내뿜었다. 어디서 많이 맡아본 냄새였다. 나는 코를 벌름대고 냄새를 탐색해 보았다. 하얀 이불, 따뜻한 햇살, 엄마와 나의 웃는 얼굴, 시뻘겋고 자그마한 얼굴에 두툼한 눈두덩의 아기가 떠올랐다.

"동생 아기 때 냄새다! 할머니 저 이 냄새 맡아본 적 있어요!"

동생이 태어났을 때, 처음 인사하러 가서 맡았던 냄새였다. 따뜻하고 말랑한 느낌. 포근했던 기억에 사로잡혔다.

"그러니? 할머니에겐 그저 풀 냄새인데 신기하구나."

향긋한 풀내음을 즐기며 걷다가 한 나무 앞에 다다랐다. 나무는 키가 나만큼 컸는데, 부채처럼 동글동글한 이파리들이 가지마다 싱 그럽게 달려 있었다. 잎사귀를 만져보니 보드랍고 촉촉했다. 동그 란 이파리와 가지 사이로는 노란 꽃봉오리가 맺혀있었다. 보드랍고 연약한 잎사귀 손들이 꽃을 피워보겠다고 무진장 애를 쓰고 있는 모습처럼 보였다. 좀 아까 나무를 발로 찼던 일이 생각나 미안한 마음이 들었다.

"이게 꼼지나무란다, 참 귀엽지?"

할머니는 우리 앞에 놓인 나무의 이름표를 가리키며 말했다.

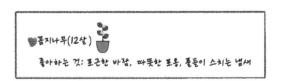

"꼼지나무가 좋아하는 것은 포근한 바람. 따뜻한 포옹. 풀들이 스 치는 냄새란다."

나는 소리 내어 이름표에 쓰인 글귀를 읽었다. 기분이 좀 이상했다. 사람과 나무라는 차이점만 빼고는, 나랑 진짜 비슷했기 때문이다.

"나도 엄마의 포근한 품이 좋은데. 엄마가 안아줄 때 제일 행복하고. 아까 맡았던 풀냄새, 나도 좋아요. 우리 둘은 비슷한 점이 많네요!"

평소라면 마음속으로만 했을 말을 내뱉었다.

할머니는 오른쪽 주머니에서 커다란 가위를 꺼내, 꼼지나무에 자

라난 삐쭉 삐죽한 가지들을 톡톡 잘라냈다. 멀쩡한 가지들을 잘라
내는 것 같이 보였다. 무엇보다 나무가 아파하는 것 같아서 그만뒀
으면 싶었다.

"할머니 가지치기를 안 하면 안 돼요?"

"꼼지도 나무들이 아파하게 보이니? 그런데 말이다, 가지를 잘라
내지 않으면 이런 쭉정이들에 영양분을 뺏겨 쑥쑥 크질 못한단다…
꽃을 피우려면 어쩔 수가 없구나."

꽃봉오리가 맺히기 전까지 꼼지나무는 하루에 열 개가 넘는 가지
를 쳐냈다고 한다. 작은 몸으로 혼자 아픔을 견뎌냈을 것을 생각하
니 불쌍하게 느껴졌다. 나와 이름도, 처지도 비슷한 것 같아 마음
한편이 시큰했다.

할머니는 가지치기를 끝낸 후, 왼쪽 주머니에서 기다란 면봉을
꺼냈다. 그리곤 꼼지나무의 잘린 상처에 정성스럽게 약을 발라 호
호 불어준 뒤 나뭇잎을 하나하나 정성스레 보듬으며 말을 걸었다.

"오늘도 따끔따끔했지? 내일 네 키가 한 뼘 더 자랄 것을 생각하
면 어쩔 수가 없구나. 오늘도 모난 가지를 잘라내느라 고생이 많았
다 꼼지야."

할머니는 내가 바닥에 나자빠졌을 때 했던 말을 꼼지나무에도 건
넸다. 나무가 듣기나 할까, 대답도 못하는 나무에 말을 건네는 꼴이
우스꽝스럽다고 생각했지만 이내 기분이 묘했다. 어쩐지 익숙한 모
습이었기 때문이다.

우리 엄마는 내가 동생과 싸운 날이면 침대에 씩씩거리며 누워있

는 내 곁으로 온다. 그때마다 나는 옆으로 돌아누워 자는 척을 하는데, 엄마는 그런 내 등 뒤에서 말을 걸곤 했다.

"엄마는 늘 꼼지가 고마워. 언니 노릇 하느라 힘들 거야. 엄마가 많이 사랑하는데 꼼지가 알까?"

자느라 대답을 못한다는 걸 뻔히 알면서 왜 말을 거는지 이해할수가 없었다. 동생이 까불 때 내편이나 들어줄 것이지. 내 맘을 알지도 못하면서. 엄마는 자고 있는 내 머리칼을 연신 쓸어주며 혼잣말을 이어갔다. 나는 그때마다 엄마가 짜증 난다고 생각했다. 혼자 분을 잘 삭이고 있었는데, 방해가 된다고 생각했기 때문이다. 우는 건 정말 싫은데. 엄마에게 들키고 싶지 않아 꾹 참아내는데도, 눈물은 멋대로 흘러내린다.

할머니는 정원의 나무들이 다양한 방법으로 빠짐없이 돌봄을 받는다고 했다. 삐죽삐죽 모난 잔가지를 쳐낸 후 약을 발라주면, 바람이 와서 호호 불어주고 그다음엔 햇살이 살살 어루만져, 얼마 지나지 않아 싱글벙글 예쁜 꽃을 피워 할머니를 반겨준다고 했다. 꼼지나무처럼 내 곁에도 돌봐주는 사람이 많이 있었으면 좋겠다고 생각했다.

"할머니, 꼼지나무가 조금 부러워요. 제 마음을 알아주는 사람은 하나도 없는 것 같거든요. 엄마나 아빠한테 말해봤자 한 번도 내 편을 안 들어줘요, 동생을 혼내지도 않고요. 나보다 방굴이를 더 예뻐하는 것 같아요."

"꼼지야, 넌 동생이 얄미울 때도 마음속으로 숫자를 세면서까지

참 잘 참아주지. 이 할머니는 다 알고 있어. 어디 나쁜인 줄 아니? 꼼지 네 엄마도, 아빠도 다 안단다. 눈에 보이지 않는다고, 귀에 들리지 않는다고 네 마음을 모르는 건 아니야. 내가 나무를 돌보듯 너를 돌보는 이가 세상엔 참 많지. 냉장고 속의 레모네이드, 그리고 아이스크림을 생각해 보렴."

그저께 땡볕에 나가 놀고 들어오면서, '오늘은 시원한 레모네이드가 먹고 싶다'란 생각을 했다. 생각만 했을 뿐인데 실제로 냉장고에 시원한 레모네이드가 있었다. 내가 동생과 싸우거나 친구들과 싸워 기분 나쁜 날엔, 아빠는 늘 아이스크림을 사 들고 들어온다. 심지어 내가 좋아하는 맛만 잔뜩 들어있다. 엄마 아빠는 내 마음을 알았던 걸까? 짜증 나게 또 눈물이 핑 돌았다.

"물 주기. 거름주기. 햇빛을 잘 보도록 살펴 주기. 그리고 가지 쳐 주기. 뭐 하나 중요하지 않은 게 없지. 나무들이 제일 싫어하는 가지치기는 필요 없어 보이지만, 나무가 잘 자라려면 없어서는 안 될 특별한 과정이란다. 하지만 가지를 친 후에 돌봐주는 이들이 있으니 견뎌낼 수 있어. 견뎌냄을 통해서만 꽃을 피우고 열매를 맺을 수 있단다."

꼼지나무도, 내가 발로 찬 나무도 마음을 알아주고 돌봐주는 존재가 있다. 저마다 외롭게 자라나는 줄로만 알았는데, 다정하고 살뜰한 보살핌이 있었다는 사실을 알고 나니 왠지 모르게 내 마음이 위로받는 것 같았다. 할머니가 말한 것처럼, 나에게도 따스한 손길이 찾아왔을 수도 있다는 생각이 들었다. 나는 알지 못하게, 비밀스럽게 말이다.

할머니는 꼼지나무에서 잘라낸 가지를 내 손에 쥐여주었다.

"꼼지야, 언젠가 네가 베푼 친절과 인내를 동생도 알게 될 거야. 그리고 매일 네가 겪는 어려움들을 통해서 너 역시 더 튼튼한 가지를 지닌, 꽃을 풍성히 맺는 나무가 될 거란다."

할머니는 내 볼을 어루만지고는 꼭 안아주었다. 내 몸 안에서 간질간질한 새싹이 자라나는 것 같았다. 눈을 감고 새순을 느끼면, 줄기가 뻗어 올라 싱싱한 잎이 달리고, 꽃을 피워 순식간에 열매를 맺을 것만 같았다. 나는 눈을 꼭 감았다.

비 오는 날 자유를 빼앗겼던 손도, 핑계를 생각해 내느라 지쳤던 마음도, 잃어버린 선물 때문에 흘렸던 진땀도 전부 머릿속에서 사라졌다. 내 마음속 새순을 스치는 보드라운 바람만 느껴졌다. 해와 바람, 나무도, 엄마와 아빠, 그리고 할머니도 모두 다 나를 포근히 안아주는 것만 같았다.

"언니 죽었어?"

눈을 떠보니 벌러덩 누운 내 위에서 동생이 내려다보고 있다.

"여기가 정원 반대편이야? 가지 치는 할머니는 어디로 갔어?"

나는 마음속 물음표를 입 밖으로 내뱉었다.

고개를 이리저리 움직여봐도, 가지 치는 할머니의 정원은 온데간데없고, 흙투성이가 된 나와 심각한 표정의 동생만 남겨져 있을 뿐이었다.

"나 안 죽었어. 언니 손 좀 잡아줘."

동생은 흔쾌히 손을 건네주었다. 김방굴의 손은 정말 작았다. 지금껏 동생의 손을 잡아줄 때마다 성가시다고 느낀 적은 많았지만, 손바닥이 이만큼이나 작은 줄은 몰랐었다. 날 일으켜주느라 온몸에 힘을 준 탓에, 동생의 이마에는 송골송골 땀까지 맺혀있었다. 미간을 찌푸리고 있는 동생의 얼굴을 보고 있자니 웃음이 터져 나왔다. 나는 한참을 깔깔대며 웃었다.

"언니는 혼자 왜 웃어? 기분 나쁘게!"

평소라면 대꾸도 안 했을 동생의 말대답이었지만 거슬리지도, 기분이 나쁘지도 않았다. 오히려 내 손을 잡아준 동생에게 고마운 마음이 들었다.

"고마워, 김방굴."

동생은 잠시 어리둥절 한 표정을 짓더니 이내 볼멘소리로 대꾸했다.

"내가 말했지! 고마워 김. 방. 굴. 아니고, 고마워 방굴아. 해주라고!"

"알겠어. 고마워, 방굴아."

우리가 정원의 반대편에서 만난 것은 아니었지만, 손을 놓쳐 서로 잃어버리지 않았다는 사실만으로도 안심이 됐다. 그리고 날 일으켜 줄 수 있는 동생이 있어서 나쁘지만은 않다는 생각까지 들었다. 마음이 이렇게 가벼운 적은 없었다. 이런 기분은 처음이었다.

나는 엉덩이에 붙은 먼지를 털어내려 손바닥을 폈다.

툭

가지 다발 하나가 땅바닥에 떨어졌다. 꿈을 꾼 게 아니었나 보다.

"다음에 또 할머니랑 놀면 좋겠다. 그땐 방굴이도 같이."

나는 가슴을 크게 열고 깊은 한숨을 내뱉으며 하늘을 쳐다보았다. 머리 위로 버들나무가 바람에 살랑살랑 날리고 있다.

쿵이의 선택

김지현

김지현 수많은 선택을 했다. 모든 선택이 맞는지는 아무도 모른다. 선택하지 않은 길을 후회할 필요도 없다. 그 선택의 길이 어떤지 아무도 모른다. 그리고 어떤 선택이든 나의 경험이 되어 줄 것이다. 모든 사람들이 다양한 선택을 통해 지금의 자신이 있듯이. 그 선택들이 쌓여 멋진 내가 되길 바란다. 나는 이번에 동화를 쓰는 선택을 했다. 이번의 선택은 나에게 또 어떤 영향을 줄까 기대된다.

이메일: yeonhae113@naver.com

띵동~띵동!

현관벨 소리가 요란하게 울렸다. 이내 비밀번호가 눌리고 현관문이 벌컥 열린다. 그 소리에 곤히 창가에서 자고 있던 쿵이가 화들짝 놀라며 일어났다. 그것도 잠시 신이 나는지 웃으며 황급히 현관문으로 달려 나갔다.

"뭐야?! 뭐야! 지안아, 누구야? 오늘 누구 오기로 했어?"

"쿵아! 그만 뛰어! 너 수술한 지 얼마 안 됐잖아. 또 다치면 수술하기도 힘들다고 했어!"

걱정되는 내 마음을 모르는지. 문틈 사이로 들어오는 내 친구 다희에게 더 깡충깡충 뛰며 달려갔다. 그런 모습이 또 한편으로 귀엽고 사랑스러워 웃음이 났다. 그래도 오늘은 꼭 다희에게는 한 소리 해야겠다.

"너는 비밀번호도 알면서 왜 항상 초인종을 누르면서 들어오는 거야? 쿵이 흥분해서 저렇게 뛰어다니는 것 좀 봐!"

"미안해, 그런데 이렇게 쿵이가 반겨주는 모습을 보는 게 너무 좋은 걸 어떡해. 나 이번에도 강아지 주인 자격시험 떨어졌단 말이야. 위로받으려고 왔는데... 너무 그러지 마." 나를 보지도 않고 쿵이를 쓰다듬으며 다희가 쓴웃음을 지었다.

누구보다 합격을 기다리고 있었던 걸 알기에 더욱 안쓰럽게 느껴졌다. 우울할 때는 딸기 케이크가 최고이다. 전에 사둔 케이크가 생각나 부엌에서 꺼내 주었다.

"다희야, 괜찮아! 다음에 붙으면 되지! 내가 진짜 좋아하는 딸기 케이크인데 이거 먹고 기분 좀 풀어."

"이번에는 필기 붙었다니깐! 그런데 마지막에 날 선택해 준 강아지가 없었어. 옛날에는 그냥 강아지 주인이 마음대로 분양받았다고 하던데. 나도 그러고 싶다. 정말 난 언제 강아지 주인이 되냐고!"

저런 다희를 보니 '나는 시험을 보지 않고 쿵이와 함께 사는 게 정말 행운이구나'라는 생각이 들었다. 내가 아주 어릴 때 어머니께서 시험을 보셨고 쿵이가 우리 가족을 선택했다고 한다. 그러고 보니 쿵이는 왜 우리 가족을 선택했는지 궁금해졌다.

"쿵아, 너는 왜 많은 사람들 중에서 우리 가족을 선택한 거야?"

그때를 떠올리는 건지 큰 눈을 위로 뜨며 고개를 갸웃거렸다.

"그때? 그러게 내가 왜 선택했더라? 진짜 돈 많은 사람, 엄청 예쁜 사람, 착한 사람 엄청 많았는데..."

"야! 김쿵 그러면 그 사람들 선택하지 왜 우리 가족 선택했어! 우리 엄마 들으시면 서운해하시겠다!"

사실 내가 서운한 마음이 들어 엄마 핑계를 대며 이야기했다. 장난치고 있다는 걸 뻔히 알고 있지만 나도 모르게 발끈했다. 째려보는 내가 웃긴 지 쿵이가 장난스러운 웃음을 지었다. 나비 다리를 하고 앉아 있는 내 다리 위에 올라와 앉는다.

"당연히 장난이지. 나 그때 뚜렷하게 기억나. 지안이네 가족만 유일하게 아기가 있었거든. 그 아기가 얼마나 귀엽던지 그래서 선택했어. 그 아기가 지안이고."

가만히 이야기를 듣고 있던 다희가 자기 가방에서 강아지 주인자격시험 문제집을 꺼냈다.

"아휴. 나는 무슨 또 큰 비결이 있는 줄 알았네. 다시 필기부터 공부해야 하니깐 조용히 좀 해줄래?"

나는 한 번도 본 적 없는 문제집이다. 어떤 내용이 있는지 궁금해 다희가 펼친 쪽을 함께 봤다. 거기에는 2300년 견권존중 사회의 기본적이 강아지 권리가 눈에 띄게 적혀 있었다.

[강아지의 기본적인 3가지 권리]
첫째, 강아지는 나와 함께할 반려인을 선택할 수 있다.
둘째, 강아지는 매일 산책하고 싶은 시간에 산책을 할 수 있다.
셋째, 강아지는 10살이 되면 강아지 나라로 갈 수 있는 선택 권한이 생긴다.
　　(단, 강아지 나라로 가게 되면 주인을 다신 만날 수 없다.)

'셋째, 강아지는 10살이 되면 강아지 나라로 갈 수 있는 선택 권한이 생긴다.' 잊고 있었던 강아지의 권리였다. 우리 쿵이도 생일이

지나 이제 10살이다. 곧 선택 권한이 강아지 정부에서 올 때가 됐다. 당장 내일이라도 선택권이 올 수 있다. 쿵이는 어떤 선택을 할까? 당연히 나랑 같이 살겠지? 분명 그럴 것이다. 강아지 나라로 간 강아지는 주인을 다신 못 본다. 주인과 영원히 헤어지는데 설마 나를 두고 가겠어?

"엇! 그러고 보니 쿵이 너 10살 생일 파티 일주일 전에 했었잖아. 이제 곧 강아지 나라로 갈 수 있는 권한 생기겠네. 어떻게 할 거야? 지안이랑 계속 살 거야? 아니면 강아지들이 정말 행복하게 살 수 있는 강아지 나라로 갈 거야? 거기서는 아픈 것도 하나도 안 아프고 먹고 싶은 것도 다 먹을 수 있는데!"

눈치도 없이 신나게 조잘거리는 다희가 얄밉게 느껴졌다. 나도 궁금한 터라 조용히 쿵이를 바라보고 있었다.

"딸기 케이크 맛있겠다! 나도 먹을래!"

나와 눈이 마주치더니 갑자기 다희가 먹고 있던 케이크로 달려들었다. 나는 그런 쿵이를 재빠르게 들어 올렸다.

"안돼! 너 사람 음식 먹으면 아프다니깐. 육포 줄 테니깐 그거 먹어."

질문에 답하지 않은 쿵이가 불안하게 느껴졌다. 그냥 나랑 살 거라고 속 시원하게 이야기해 주면 좋을 텐데. 쿵이를 들어 올린 손에서 쿵쾅쿵쾅 빠르고 강하게 무언가 뛰는 게 느껴졌다. 갑자기 딸기 케이크가 먹고 싶어서 흥분해서 그런 걸까? 간식 통에서 쿵이가 제일 좋아하는 돼지고기 육포를 꺼내주었다. 꺼내주자마자 자리에 앉아 육포를 허겁지겁 먹어댔다. 저렇게 급하게 먹는다고? 너무 급하게 먹는 쿵이를 붙잡고 다시 물어볼 수가 없었다. 다희와 다시 시험 이야기를 했다.

"지안아. 지안아. 일어나봐. 지안아~ 일어나봐."

소곤소곤 나를 깨우는 작은 목소리가 들렸다. 매일 아침 일어나는 것은 정말 끔찍하다. 하지만 항상 지루하지 않게 나를 깨워주는 쿵이의 목소리가 일어날 힘이 되어준다.

"오늘은 엄청 조용하게 소곤소곤 깨우네?"

"어제 다희랑 노느라 피곤했을 것 같아서 기분 좋게 일어나라고 그랬지. 잘했지?"

뿌듯해하며 사랑스러운 눈빛을 반짝이는 쿵이가 빙그레 웃음 지었다. 그런 쿵이를 보니 나도 함께 미소가 지어졌다.

나는 여느 때와 마찬가지로 바쁘게 등교 준비를 하고 있었다. 쿵이는 그런 나를 말없이 계속 보고 있었다. 큰 눈동자가 내 움직임에 따라서 함께 움직이는 게 보였다. 매일 등교 준비하는 나를 보며 지루하지 않을까? 물음표가 머릿속에 떠올랐다.

"쿵아, 나 준비하는 모습 계속 보고 있으면 안 지루해? 잠 좀 더 자지 아니면 놀이라도 하고 있어."

"나는 이렇게 지안이 보고 있는 게 제일 재밌어. 나는 이게 노는 거야!"

항상 예쁜 말을 해주는 쿵이다. 덕분에 오늘 하루도 즐겁게 시작

할 수 있어 고마웠다. 준비를 마치고 마지막으로 신발을 신는데 현관문에 붙어있는 산책 스케줄러 기계가 눈에 들어왔다.

"쿵아, 오늘은 몇 시에 산책할까?"

"음... 너 학교 갔다 와서 저녁 먹고 7시쯤에 하자!"

쿵이가 스케줄러에 코를 대고 산책시간을 입력했다. 강아지들이 원하는 시간에 산책하기 위해서 산책 스케줄러는 강아지들이 입력할 수 있다.

"알았어. 쿵아 나 얼른 갔다 올게. 기다리고 있어! 갔다 와서 산책 재미있게 하자."

"응 잘 갔다 와~ 기다리고 있을게!"

현관문이 닫히며 나를 바라보고 있는 쿵이의 얼굴이 점점 사라졌다. 뭔가 표정이 어두워 보였는데 아니겠지? 등교 시간이 얼마 남지 않아 생각을 얼마 하지 못하고 바로 뛰어나갔다.

"지안아! 왔어? 쿵이가 뭐래? 어떤 선택한다고 그래?"

교실에 도착하니 다희가 나를 기다리고 있었다. 가방을 내려놓기도 전에 기분이 나빠졌다. 다희랑 다른 반이었으면 좋았을 텐데. 반이 하나뿐이라 학년이 올라가도 계속 다희랑 같은 반이다. 선택이라면 그것밖에 없다. 강아지 나라 선택권.

"당연히 우리 가족이랑 살 텐데 뭘 물어봐!"

"너 혹시 모른다. 쿵이가 강아지 나라로 가는 선택을 할지도. 간혹 강아지 나라로 가는 강아지도 있다고 하잖아. 그리고 쿵이 얼마

전에 수술해서 아파서 더 가고 싶을지도 몰라. 거기서는 아픈 거 하나도 안 느껴진다고 그러잖아."

다희의 말을 들으니 아침에 묘하게 좋지 않았던 쿵이의 표정이 떠올랐다. 쿵이는 정말 강아지 나라로 가는 선택을 할까? 그런 선택을 하면 나는 어떻게 반응해야 하지? 쿵이가 내가 싫어졌나? 아니야 오늘 아침에도 엄청 사랑스럽게 깨워줬는데. 온갖 생각이 머릿속을 뒤덮어버렸다.

그때 수업 종이 울리며 담임선생님께서 들어오셨다.

"지안아 너 표정이 왜 이렇게 안 좋아? 어디 아픈 거니?"

"아니에요. 선생님, 쿵이가 강아지 나라로 갈까봐 걱정돼서 저러는 거예요."

"쿵이? 아, 쿵이 벌써 10살 됐어? 지안이가 많이 걱정되겠네. 선생님네 강아지 아리는 강아지 나라로 가는 선택해서 갔어. 지안이는 쿵이랑 잘 이야기해보렴."

역시 선생님은 대단하다. 어떻게 저렇게 덤덤하게 자기 강아지가 강아지 나라로 갔다고 말할 수 있지? 어른들은 다들 저런 걸까? 나는 도저히 상상이 가지 않는다. 쿵이가 아직 선택을 하지 않았는데도 너무 불안했다. 나는 집에 가고 싶다는 생각밖에 들지 않았다. 얼른 쿵이가 나랑 계속 사는 선택을 했다고 말해주는 모습이 보고 싶었다.

집 문을 벌컥 열고 들어갔다. 문 앞에는 언제나 나를 기다리고 있는 쿵이가 있었다. 나는 복슬복슬한 쿵이의 손을 꼭 잡으며 눈을 마주쳤다. 빨리 내가 듣고 싶은 대답을 해줘.

"쿵아, 너 나랑 계속 살 거지? 강아지 나라 안 갈 거지?"

"...."

신나고 밝은 하이톤의 목소리가 들려야 하는데 아무 소리도 들리지 않았다. 쿵이의 시선이 아래로 떨어지고 다시 나를 바라보았다. 쿵이의 눈동자가 출렁이 파도처럼 요동치는 게 보였다.

"왜 그래 장난 그만 쳐. 재미없어. 너 안 갈 거잖아. 거기 가면 나 다시는 못 보는데? 왜 말이 없어?"

"나 정말 지안이가 좋아. 너랑 이렇게 매일 사는 게 정말 좋은데... 그런데 나는 강아지 나라로 가고 싶어. 내 선택 존중해 줬으면 좋겠어. 나중에 내가 강아지 나라로 가는 선택을 할 때 덜 놀랐으면 해서 지금 말하는 거야."

귓속으로 말소리가 들려왔다. 머릿속으로는 그 소리를 인지하고 싶지 않았다. 붕 뜨는 기분이 들었다. 이해하고 싶지 않은 소리가 스며들수록 머리가 더 아파졌다. 얼굴이 빨개지는 게 느껴질 정도로 몸이 화끈거렸다. 표정이 일그러지며 큰 소리를 쏟아 냈다.

"그게 무슨 말이야! 안 간다고 이야기해야지! 너 거기서 혼자 어떻게 살려고 그래. 너 약 먹는 시간이랑 못 먹는 음식도 피해서 내가 밥 챙겨줘야 하고 목욕도 내가 도와줘야 하잖아. 나 없이 어떻게 살려고 그래. 또 그리고..."

잡고 있던 내 손을 더 꼭 잡으며 나를 지긋이 바라봤다. 마치 흥분한 나를 진정 시켜려고 그러는 것 같았다.

"지안아, 나도 그 정도는 이제 스스로 할 수 있어. 그리고 강아지 나라에서는 더 이상 아프지도 않아서 괜찮아. 미안해... 내가 가기 전에 더 잘 할게."

아무래도 강아지 이름을 잘 못 지은 것 같다. 강아지는 이름 따라 간다는 말이 있다. 정말 내 심장이 쿵 내려앉는 기분이 들었다. 나는 조용히 아무 말도 하지 못하고 방으로 들어갔다.

침대에 멍하니 누워있으니 '강아지 나라로 가고 싶어.' 쿵이의 말소리가 계속 맴돌며 심장을 후벼팠다. 마음이 아리다는 게 이런 걸까? 나는 쿵이가 들었으면 하고 일부러 소리 내어 더 크게 울었다. 제발 가지 말라고 소리치고 싶은 마음이었다.

산책 시작 30분 전이 되자 산책 스케줄러가 울렸다. 쿵이와 정해진 약속이 있으니 나올 수밖에 없었다. 지금은 쿵이를 보고 싶지 않았다. 그런데 또 쿵이가 보고 싶다는 마음이 들었다. 그런 내가 이상하고 싫었지만 어쩔 수 없다.

방문을 열어보니 딸기 케이크가 문 앞에 놓여 있었다. 쿵이가 내 눈치를 보는지 멀리 떨어져 이야기했다.

"지안이 너 기분 안 좋으면 딸기 케이크 먹잖아. 그거 먹고 산책 가자."

정말 밉다. 이렇게 잘 해줄 거면서 내가 자기 없이 어떻게 살라고 나를 떠나겠다는 말을 하는지. 괜히 심술이 났다.

"됐어. 안 먹어. 속도 안 좋고 그냥 산책이나 가자."

항상 그랬듯이 쿵이와 손을 잡고 산책을 나갔다. 다들 강아지와 나란히 산책하는 모습이었다. 나이가 많은 강아지들이 유독 눈에 들어왔다. 평소에는 눈에 들어오지 않았던 강아지들이었다. 그런데 오늘따라 저렇게 많은 강아지들이 주인과 함께 살 결정을 했구나. 그전에는 당연하다고 생각했는데 이제는 정말 부러웠다.

"쿵아, 저기 좀 봐. 저렇게 많은 강아지들이 주인과 함께 계속 산다고 선택했나 봐. 주인이랑 같이 있으니깐 행복해 보인다. 그치?"

"그러게. 나도 그러고 싶다."

작은 목소리로 대답하는 쿵이의 목소리가 잘 들리지 않았다. 내가 잘 못 들은 것일까? 분명 쿵이도 나랑 함께 살고 싶다고 대답한 것 같았는데.

"지안아, 나도 지금 행복해. 하지만 저 강아지들은 강아지 나라로 안 가봤으니깐 그곳이 어떤 곳인지 모르잖아. 그래서 저 강아지들이 행복해 보인다고 내 선택에 영향을 줄 순 없어."

정말 냉정한 강아지 같으니... 반박하고 싶었지만 틀린 말이 아니라 할 말이 없었다. 옛날에는 강아지 목에 목줄을 하고 산책을 했다고 한다. 처음 그 이야기를 들었을 때는 정말 야만적인 행동이라고 생각했는데. 지금은 내가 쿵이 목에 목줄을 하고 싶다는 생각이 들었다. 쿵이가 당장에라도 어디로 갈 것만 같았기 때문이다.

아기와 산책하는 가족이 보였다. 쿵이는 아기를 무척 좋아한다. 같이 놀고 싶은지 아기를 보며 꼬리를 힘차게 흔들며 환하게 웃고 있었다.

그런 쿵이의 표정을 보니 정신이 들었다. 쿵이는 내가 이렇게 무서운 생각을 하고 있다는 것을 몰랐으면 한다. 이런 최악의 생각을 했다는 걸 알게 되면 나와 더 헤어지고 싶어 할 것 같아 두려웠다. 1시간쯤 산책을 마치고 집으로 돌아왔다.

집으로 돌아오니 현관문의 산책 스케줄러 기계에 띠링띠링 소리가 울렸다. 강아지 나라 선택권이 도착했다는 알림이었다. 쿵이의 생일이 지나 곧 올 것을 알고 있었다. 하지만 이렇게 빨리 알림이 뜨다니 믿기지 않았다. 쿵이도 나만큼 놀랐는지 멍하니 스케줄러를 바라보고 있었다.

요란한 알림음과 함께 '쿵이님은 강아지 나라로 가시겠습니까?' 문장이 화면에 떴다. 쿵이의 선택을 재촉하는 듯한 저 기계를 부숴 버리고 싶었다.

스케줄러를 보고 있던 쿵이의 시선은 어느새 나를 향해 있었다. 안 그래도 초롱초롱한 눈이 눈물이 맺혀 더 반짝이고 있었다. 마음이 찢어질 것 같았다.

쿵이는 기계가 아닌 나에게로 왔다. 내 품에 들어와 꼭 안아 주었다. 나도 그런 쿵이를 평소보다 더 꼭 안아 주었다. 놓아주고 싶지 않았다. 쿵이도 나를 사랑하는데 왜 계속 선택을 바꾸지 않는 걸까? 수술한 곳이 많이 아픈가? 그래도 쿵이가 가지 않는 선택을 했으면 좋겠다.

"정말 선택을 바꿀 생각은 없는 거야?"

혹시나 하는 마음에 질문을 던져보았다.

"미안해."

'미안해'라는 말을 듣는 순간 꽉 안았던 몸에 힘이 풀렸다. 더 이상 쿵이를 잡을 수 없었다. 따스한 기운이 조심스럽게 멀어지는 게 느껴졌다. 그 기운은 차가운 기계를 향하고 있었다. 보내서는 안 될 곳으로 보내는 기분이 들었다.

쿵이는 기계 앞에 멈춰 나와 기계를 번갈아 보았다. 그러고는 코를 기계에 대고 'YES'버튼을 눌렀다. 잠시나마 가지 않을 선택을 하길 바랐는데 내 기대는 역시나 빗나갔다.

기계는 띠리링 소리와 함께 '쿵이님은 강아지 나라로 가시는 선택을 하셨습니다. 다음 무지개가 뜨는 날 하늘고래를 타고 강아지 나라로 와주시기 바랍니다.'

안내음과 함께 화면이 꺼지고 정적만이 흘렀다. 다음 무지개가 언제 뜰지 모른다. 당장 오늘 새벽에도 뜰 수 있다. 나는 불안한 마음이 들었지만 쿵이에게 티내고 싶지 않았다. 이렇게 쿵이가 선택한 이상 남은 시간을 쿵이 말처럼 더 잘해주고 행복한 기억을 많이 만들어 주고 싶었다. 나는 최대한 밝은 표정으로 말했다.

"쿵아! 우리 쿵이 좋아하는 터그 놀이할까? 아니면 내가 양말 던질 테니깐 쿵이가 물어오는 놀이할래?"

"아니야, 우리 산책 오래 했잖아. 나 조금 쉬고 싶어. 너도 피곤할 텐데 좀 쉬어."

쿵이가 조용히 자기가 항상 앉아 있는 방석으로 가서 기운 없이 누웠다. 자기가 선택한 일인데 왜 본인이 더 기운이 없어 보이는지 이해할 수 없었다. 나한테 미안한 마음이 들어서 그러는 걸까? 아니면 내가 더 붙잡지 못하게 하기 위해서 일까? 이런저런 생각이 들었지만 쿵이 말대로 나도 피곤해 휴식이 필요했다. 침대에 누우니 잠이 밀려와 저절로 눈이 감겼다.

현관문이 쾅! 하고 닫히는 소리에 놀라 눈이 떠졌다. 쿵이가 보이지 않았다.

창문 밖을 보니 쿵이가 하늘고래를 타고 무지개를 건너고 있었다. 인사도 제대로 못 했는데 이러는 경우가 어디 있어. 잠들지 말고 좀 더 쿵이랑 놀아줄 걸. 예쁜 표정으로 웃으면서 보내줬어야 했는데. 그때 가지 말라고 쏘아붙이지 말고 예쁘게 말해줄 걸. 온갖 후회들이 그 짧은 시간 안에 몰려왔다. 이런저런 핑계를 대보았지만 결국 나는 쿵이 없이는 못 산다는 결론이 났다.

밖으로 뛰쳐나가 눈에 보이는 하늘자전거를 잡았다. 이 하늘자전거를 타고 쿵이가 있는 곳까지 갈 수 있을지 모르겠다. 하지만 생각할 겨를 없이 나는 자전거 페달을 밟고 있었다. 나도 알고 있다 이 행동이 불법이라는 것을. 어떤 인간도 이 길을 따라갈 수 없다는 것을. 그래서 무지개와 하늘고래는 오직 강아지들 눈에만 보인다고 수업시간에 들은 적이 있다. 그런데 지금 내 눈에 보인다는 것은 어쩌면 나에게 따라갈 수 있는 기회가 주어진 거 아닐까?

정말 힘겹게 쿵이를 따라 무지개를 건너니 아주 커다란 문이 있었다. 그 문 앞에는 문을 지키는 듯한 집채만 한 강아지가 서 있었다. 아주 옛날 옷인 듯한 한복을 입고 서 있는 게 귀여우면서도 위험이 느껴졌다.

쿵이와 그 강아지는 잠시 이야기를 나누더니 쿵이를 그 문안으로 들여보내줬다. 나도 얼른 들어가야만 한다. 쿵이가 들어간 문 주변을 열심히 둘러보았다. 집채만 한 강아지 뒤에 아주 작은 문이 보였다.

어떻게든 저 강아지 몰래 저 작은 문을 통과해야 한다. 정말 내가 살면서 이렇게 뛰어본 적이 있었나 싶을 정도로 온 힘을 다해 작은 문으로 뛰어 들어갔다. 착각인지 모르겠지만 그 집채만 한 강아지와 잠깐 눈이 마주친 것 같았다. 어떻게든 됐다. 이제 쿵이만 찾아서 얼른 돌아가면 되는 일이다.

나는 커다란 쿠션 뒤로 가 몸을 숨겼다. 생각한 것보다 많은 강아지들이 있었다. 쿵이를 찾기 쉽지 않았지만 이내 초콜릿을 먹고 있는 쿵이가 보였다. 너무 놀라 소리를 지를 뻔했다.

쿵이 옆에는 산처럼 높이 사람들의 음식이 쌓여 있었다. 쿵이가 정말 행복한 표정으로 그 음식 위에 누워 포도와 피자를 집어먹었다. 정말 맛있게 먹는 쿵이를 보니 나도 먹고 싶어 침이 고였다. 평소 내가 음식을 먹을 때 항상 나를 바라보던 쿵이가 떠올랐다. 쿵이도 이런 기분이었을까?

공을 계속 던져주는 한복을 입은 강아지가 보였다. 그 공을 셰퍼드가 계속 달려가 물어왔다. 얼마나 달렸으면 멀리 떨어져 있는 나에게도 헐떡이는 숨소리가 들렸다. 저 정도면 고통스러울 것 같은데 표정은 정말 천국에 있는 것처럼 행복해 보였다. 한참 누워있던 쿵이가 셰퍼드에게 다가갔다.

"야~ 너 진짜 빠르다! 나도 그렇게 계속 뛰어다니고 싶다. 나는 좀 많이 뛰면 아파서 오래 못 뛰어."

"아니야! 너 온 지 얼마 안 됐구나? 여기서는 아무리 뛰어도 안 아파!"

혀를 쭉 내밀고 헐떡이며 계속 뛰었다. 그러면서 시선은 쿵이를 향해 있었다. 잠시 쉬면서 말하면 편할 텐데. 너무 즐겁게 웃으며 헐떡이는 모습이 우스꽝스러웠다. 그리고 표정이 너무 행복해 보여 보는 나도 같이 행복해지는 것 같았다.

"나 원래 교통사고 나서 걷지도 못했는데. 이거 봐! 교통사고 나기 전보다 더 높게! 더 빨리! 달릴 수 있어!"

정말이었다. 잘 보이지 않을 정도로 높이 빨리 달리고 있었다. 멍하니 그런 셰퍼드를 바라보고 있던 쿵이의 손을 셰퍼드가 잡고 함께 뛰기 시작했다. 슬개골 수술을 했던 쿵이가 힘들지 않을까 걱정이 되었다. 그런데 내 걱정이 무색할 정도로 쿵이는 셰퍼드의 말처럼 평소보다 빨리 달리고 있었다. 쿵이는 하나도 아파 보이지 않았다. 정말 즐거워 보였다.

신나게 뛰고 커다란 방석으로 와 잠이 들었다. 잠깐이었지만 쿵이의 정말 행복한 모습을 많이 보았다. 자고 있는 지금 모습도 너무 행복해 보였다. 나는 쿵이의 선택을 존중해 놓아주는 게 맞는 걸까?

하지만 나는 아직 쿵이와 이별하고 싶지 않다. 맞벌이로 항상 바쁘시던 부모님 대신 쿵이는 내 부모이자 형제이자 제일 친한 친구였다. 쿵이가 없었으면 난 집에 항상 혼자였을 것이다.

나도 선택을 했다. 쿵이를 다시 데려가겠다는 선택을! 결심을 끝낸 나는 자고 있는 쿵이를 조심히 들어 올렸다. 다행히 쿵이는 깨지 않았다.

살금살금 아무도 깨지 않게 내가 들어왔던 작은 문으로 걸어갔다. 문 손잡이를 돌렸다. 그와 동시에 하늘에서 땅으로 떨어지고 있었다. 정말 어지러웠다. '이러다 곧 죽는 게 아닐까?'라는 생각이 들었다. 안고 있던 쿵이를 더 내 품 안으로 끌어안았다.

그 순간 등에 몰캉한 느낌이 들었다. 투명해서 잘 보이지는 않았지만 그건 분명 하늘고래였다. 하늘에서 구멍이 뚫린 것처럼 비가 내렸다. 칠흑같이 세상이 어두웠다. 길은 정말 미끄러웠고 곳곳에 물웅덩이가 생겼다. 안 그래도 잘 뛰지 못하는데 몇 번을 넘어질 뻔했다. 누군가 쫓아오는 기분이 들어 허겁지겁 무작정 달렸다. 나는 어디로 가야 할까? 누구한테도 들켜서는 안 된다. 강아지 나라에서 쿵이가 없어진 걸 알게 되면 어떡하지? 바로 강아지 정부에서 우리 집으로 올 게 분명해. 일단 집은 너무 위험해. 학교로 가자.

다행히 이른 새벽이라 마주친 사람은 아무도 없었다. 하지만 곧 친구들이 올 시간이다. 친구들한테도 들켜서는 안 된다. 나는 교탁

밑으로 더 들어가 쿵이를 끌어안았다. 그리고 간절히 빌었다. 아무도 날 보지 못하게 투명인간이 되게 해주세요.

비인지 땀인지 닦기 힘들 정도로 물이 떨어졌다. 심장은 입 밖으로 튀어나올 것만 같았다. 너무나 쿵쾅쿵쾅 뛰고 있었다. 두려워서인지 추웠다. 쿵이를 안고 있는 손과 몸이 덜덜 떨리는 게 느껴졌다. 불안한 내 몸이 쿵이를 깨웠다.

"어? 지안아! 너 왜 여기 있어?"

아직도 자기가 강아지 나라에 있는 줄 아는 것 같았다. 놀란 눈으로 나를 보다 두리번 주위를 살폈다.

"뭐야. 여기 학교잖아. 내가 왜 여기에 있어?"

"나 아직 너랑 못 헤어져. 너도 나랑 있으면 행복하다고 했잖아. 그냥 나랑 계속 살자. 제발!"

쿵이 앞에서 울고 싶지 않았는데 나오는 눈물을 막을 수 없었다. 고개를 숙이고 교실 바닥을 봤다. 젖어 있던 교실 바닥이 점점 더 진하게 변해가고 있었다. 그 옆에 작지만 진하게 변하고 있는 교실 바닥이 보였다. 고개를 들어보니 쿵이가 울고 있었다.

"지안아, 나도 너랑 계속 살고 싶어. 그런데 어쩔 수 없어. 강아지 나라 가야 해."

뭐가 어쩔 수 없다는 거지? 어쩔 수 없다는 쿵이의 말이 이해되지 않았다.

그때 문이 드르륵 열렸다. 누구지? 벌써 온 친구가 있다고? 들키면 어떡하지.

"지안아! 너 여기서 왜 울고 있어? 쿵이도 같이 왔네?"

나를 발견한 담임선생님의 놀란 듯한 목소리가 들렸다. 다른 친구들이 아닌 선생님이라 안심되었다. 그래서였을까 나는 소리 내어 큰 소리로 울며 담임선생님께 안겼다.

"선생님! 쿵이가 강아지 나라로 갔는데 제가 다시 데려왔어요. 그런데 쿵이는 다시 돌아가고 싶나 봐요. 그런데 어떻게요. 저는 쿵이 없이는 절대로 못 살아요."

선생님께서 말없이 한숨을 쉬시며 나를 품에 안으셨다. 그리고 내 등을 한참을 쓰다듬어 주셨다. 시간이 지나고 나는 진정할 수 있었다. 그리고 정말 친구들이 교실에 한두 명씩 도착하기 시작했다.

"선생님 잠깐 지안이랑 이야기하고 올 테니깐 자리에 앉아서 조금만 기다려줘."

선생님께서 들어오는 친구들에게 이야기하고 내 손을 잡고 쿵이와 함께 조용한 상담실로 갔다. 쿵이는 상담실에 도착하자 바로 의자 위에 올라갔다. 몸을 말아 누워 잠이 들었다. 쿵이가 아픈 건가 걱정이 되어 쿵이를 계속 보고 있었다.

"지안아, 전에 선생님이 선생님네 강아지도 강아지나라로 갔다고 한 거 기억하고 있니?"

나는 조용히 고개를 끄덕였다. 선생님을 정말 대단하다고 느껴졌었던 게 생각났다.

"너 속으로 선생님 대단하다고 생각하고 있지?"

너무 놀라 눈을 크게 뜨고 선생님을 바라보았다. 그런 나를 보시고 선생님께서 엷게 웃음을 지으며 이야기하셨다.

"선생님도 진짜 많이 힘들었지. 선생님이 비밀 하나 알려줄까? 사실 선생님네 강아지 아리가 다시 강아지 나라에서 돌아왔어. 지안이가 너무 힘들어하는 모습이 꼭 선생님을 보는 것 같아서 이야기해 주는 거야. 그러니깐 아무한테도 말 하면 안돼."

선생님이 잘 지내고 있는 것은 어른이라서가 아니라 바로 강아지가 다시 돌아왔기 때문이었다. 역시 가족인 강아지와 떨어져서 잘 살 수 있는 사람은 아무도 없을 것이다. 내가 이상한 게 아니야. 당연히 힘든 일이다. 그래도 다행이다. 선생님 덕분에 이제 쿵이와 영원히 헤어지지 않아도 된다는 희망이 생겼다.

"선생님! 어떻게 아리가 다시 돌아올 수 있었어요? 저도 알려주세요. 쿵이한테 알려주고 기다리면 하나도 안 슬플 것 같아요!"

"선생님도 아리한테 물어봤는데. 자세히는 잘 모르겠어. 아리도 잘 기억을 못 하는 것 같더라고. 그리고 강아지 정부에서 아무한테도 말하지 말라고 했거든. 아리 말로는 어떤 커다란 한복을 입은 강아지만 기억이 난다고 했어."

아리의 말은 사실인 게 분명하다. 내가 강아지 나라에서 본 그 집채만한 강아지가 확실하다.

"그리고 무슨 종이에 발 도장을 찍고 내려왔다고 그랬어. 선생님도 더 알려주고 싶은데 아는 게 여기까지네."

이제 됐다. 쿵이와 평생 헤어지는 게 아니다. 쿵이랑 다시 살 수 있다. 정말 하늘을 날 듯이 기뻤다. 그런데 쿵이가 계속 일어나지 않았다.

"쿵이가 많이 피곤한가 보다. 지안아 오늘은 쿵이도 있으니깐 조퇴하고 일찍 집에 가봐. 그리고 쿵이랑 잘 이야기하고 강아지 나라로 잘 보내줘야 해."

나를 다시 꼭 끌어안아 주시며 다정하게 이야기해주셨다. 선생님께 인사를 드리고 쿵이를 안았다. 선생님이 나를 안아 주셨던 것처럼 쿵이도 따뜻하고 편안한 느낌이었을까? 내가 너무 잘 안아줘서인지 집에 가는 동안 일어나지 않았다. 몸을 뚫을듯한 비는 그쳤고 해가 너무 쨍쨍하고 밝았다. 마치 내 마음과 같았다.

집에 도착하니 산책 스케줄러 기계에 강아지 정부로부터 온 알림이 떠있었다.

'강아지나라에서 사라진 쿵이님을 찾습니다. 하늘고래를 지금 보낼 예정이오니 쿵이님을 보내주시길 바랍니다. 쿵이님을 찾아 보내주시지 않으면 강아지 학대로 의심하여 집을 방문할 예정입니다.'

마치 내가 쿵이를 데려간 것을 안 것 같은 알림이었다. 시간이 없다. 하늘고래가 집에 오기 전에 얼른 쿵이와 약속해야 한다. 나는 죽은 듯이 자고 있는 쿵이를 황급히 흔들어 깨웠다.

"쿵아! 쿵아 일어나 봐. 이제 곧 너 강아지 나라로 갈 시간이야. 그 전에 나랑 약속 하나만 해!"

나는 쿵이에게 선생님께서 들려주신 이야기를 했다.

"그러니깐 김쿵 내가 너 가 있는 동안 기다리고 있을게. 그러니깐 기다리라고 다시 돌아오겠다고 약속해 줘."

다시 쿵이와 살 수 있다는 마음에 나는 너무 신이 났다. 그래서 당연히 쿵이도 엄청 좋아하며 약속을 해줄 거라고 생각했다. 그런데 쿵이는 심각한 표정을 하고 있었다.

"지안아, 나는 기다리라고 약속 못 해. 그리고 돌아온다는 약속도 못 해."

뭔가 머리를 쿵 치고 가는 것 같았다. 기다리라는 그 쉬운 말을 못 한다니. 다시 돌아오겠다는 약속을 못 하겠다니. 나랑 정말 그렇게나 헤어지고 싶은 걸까? 원망스러운 마음이 들었다.

"아니, 쿵아 기다리라고 돌아오겠다고 그 말 해주는 게 그렇게 힘들어? 나 그 말이라도 들어야지 너 보낼 수 있을 것 같아."

"기다리는 게 얼마나 힘든데... 나는 항상 너를 기다렸잖아. 그래서 내가 알아. 기다림이 얼마나 그립고 힘들다는 거. 그걸 아는데. 나는 그런 이기적인 말 못 하겠어. 그리고 내가 거기서 어떤 선택을 할 줄 알고 무작정 너한테 돌아오겠다고 그래. 불확실한 약속은 할 수 없어."

내가 항상 무심코 기다리라고 했었던 일들이 스쳐 지나갔다. 너무나 당연하게 쿵이에게 이기적인 기다림을 명령하고 있었던 것을 깨달았다. 너무 미안했다. 그래도 쿵이에게 약속해달라고 조르고 싶었다. 하지만 그럴 수 없었다. 항상 자기가 한 말에 대해 책임지고 싶어 하는 쿵이었다. 분명 약속을 바꾸지 않을 것이다.

무지개가 다시 뜨고 하늘고래가 우리 집 문 앞에 있었다. 밝은 해가 떠서 좋았는데 무지개가 빨리 떠서 해가 싫어졌다. 쿵이를 정말 다시는 못 볼 수도 있다는 생각에 슬펐다. 쿵이의 손을 꼭 잡았다. 그래도 쿵이와 마지막 인사를 할 수 있음에 감사하기로 했다.

"지안아, 나는 내가 없어도 네가 잘 지냈으면 좋겠어. 다른 강아지랑 함께 살아도 괜찮아. 그러니깐 꼭 너무 슬퍼하지 말았으면 해."

"나는 잘 지내고 있을게. 그러니깐 쿵이 너도 거기서 잘 지내줘. 행복해야 해. 그리고 돌아오고 싶으면 돌아와 줘."

입을 앙 다물고 미소 지었다. 그리고 눈을 조금 더 크게 뜨고 나를 지긋이 바라보았다. 나도 그런 쿵이의 얼굴을 더 오래 기억하고 싶었다. 잊고 싶지 않은 얼굴을 쓰다듬어 주었다.

"알았어. 지안아. 나 이제 가볼게."

"응. 잘 가. 사랑해."

"사랑해."

아침에 일어날 수 없다. 항상 재미있게 깨워주는 쿵이가 없어서. 부엌에 갈 수 없다. 나를 졸졸 따라왔던 쿵이가 없어서. 나는 밥을 먹을 수 없다. 초롱초롱한 눈으로 나를 바라보던 쿵이가 없어서. 내 일상에 항상 녹아 있었던 쿵이가 없어서. 아무것도 할 수 없다.

멍하니 침대에 옆으로 누워 벽을 바라보고 있었다. 이러고 있으니 쿵이가 더 보고 싶었다. 마음이 텅 비어있는 기분이었다. 문득 문 앞에서 나를 기다리던 쿵이를 찍어둔 영상이 기억났다. 나를 발견하면 쿵이는 항상 눈에 별이 있는 것처럼 반짝였다. 그리고 환하게 웃어 보이며 날아갈 듯 꼬리를 흔들며 나에게 달려왔다. 그게 너무 귀여워 찍어둔 영상이었다.

영상 속 쿵이는 너무나 사랑스러웠다. 쿵이가 가기 전에는 그저 귀엽고 행복한 영상이었다. 지금 다시 보니 나를 발견하고 웃는 쿵이가 너무 마음 아팠다. 쿵이는 나를 얼마나 여기서 기다리고 있었을까? 그래서 저렇게 반갑게 맞이하는 거구나. 미안함이 몰려왔다. 이제야 쿵이가 기다리라고 하지 못 한 이유를 이해할 수 있었다. 심장에 무언가 꽉 막힌 것처럼 멍울이 느껴지는 것 같았다. 너무 갑갑하고 아팠다. 눈물이 맺혀 영상 속 쿵이가 잘 보이지 않았다.

비밀번호 누르는 소리와 함께 현관문 열리는 소리가 들렸다.

"야!! 김지안! 너 오늘 왜 학교 안 왔어!! 뭐야 얘 어디 있어?"

현관문을 열어도 내가 없으니 다희가 나를 찾는 듯했다. 방문이 열렸다.

"너는 친구가 왔는데 그렇게 누워서 인사도 안 해주냐?! 어 그러고 보니 쿵이는 어디 갔어?"

"갔어. 쿵이..."

"잉? 어딜 가?"

힘이 없는데 계속되는 질문들이 버거웠다. 나는 무거운 몸을 일으키며 다희에게 소리쳤다.

"네가 그렇게 물어봤던 강아지 나라로 갔다니깐!"

아무 죄도 없는 다희에게 괜히 화풀이를 했다.

"김지안 너 얼마나 운 거야. 너 얼굴이 왜 그래."

침대 맞은편 벽에 있는 거울 속 내 모습은 만신창이었다. 눈이 부어 뜨기도 힘들고 얼굴이 많이 빨개져 있었다. 정말 꼴도 보기 싫은 모습이었다. 나는 다시 침대에 누웠다.

"아휴. 정말 있어봐. 내가 너 좋아하는 딸기 케이크 가져올게."

깊은 한숨을 쉬며 부엌으로 향했다. 냉장고와 부엌 선반을 여는 소리가 들렸다. 그리고 무언가 떨어지는 소리가 들렸다. 쟤는 또 무슨 사고를 치는 거야.

"엇! 이거 뭐야?! 편지가 있는데? 쿵이가 썼나 봐!"

뛰어와 편지를 주었다. 나는 침대에서 벌떡 일어나 다희가 준 편지를 읽었다.

사랑하는 내 주인 지안이에게.

지안아, 안녕? 나 쿵이야!

내가 편지 너무 잘 숨겨서 못 발견하면 어떡하지?

흠... 그래도 이 편지를 보고 있을 때는 내가 강아지 나라에 가 있을 때겠지?

잘 지내고 있는 거지? 너무 슬퍼하지 않았으면 좋겠어.

나는 거기서 진짜 행복하게 잘 살고 있을 거야. 걱정하지 마.

모든 강아지들이 행복한 나라라고 하잖아.

내가 진짜 주인은 정말 선택 잘한 것 같아.

지안이가 항상 나 사랑해 주는 게 너무 잘 느껴져서 너무 행복했어.

나도 진짜 정말 엄청 강아지 나라 가기 싫었어. 그런데 정말 어쩔 수 없었어.

내가 너한테 하지 못 한 말이 있는데... 나 사실 몸이 더 많이 아파졌어.

이 사실 알면 더 슬퍼할 것 같아서 말 못 했어. 미안해.

강아지나라 가면 더 이상 아프지 않다고 다들 그러잖아.

그래서 그런 선택을 할 수밖에 없었어.

나 시간을 돌릴 수 있어도 절대로 말하지 않을 거야. 이 선택도 변함없어.

지안이가 행복하고 즐거워하는 표정 더 많이 볼 수 있어서 좋았어.

지안아. 이해해 줄 거지? 진짜 나는 지안이가 잘 지내졌으면 좋겠어.

내 마지막 주인 김지안. 진짜 꼭! 행복해야 해! 사랑해.

-지안이를 사랑하는 쿵이가-

편지를 읽는 내내 눈물이 흘러 글씨가 뿌옇게 보였다. 도대체 언제부터 선택을 마쳤던 걸까? 그동안 나한테 어떻게 말하지 엄청 고민했을 쿵이가 느껴졌다. 가고 싶지 않다고 말했던 쿵이. 어쩔 수 없다고 말했던 쿵이. 그동안 이해되지 않았던 말들을 했던 쿵이가 이해됐다.

옆에서 편지를 함께 읽던 다희가 말했다.

"쿵이가 많이 아팠었나 봐. 그래서 쿵이가 강아지 나라로 갈 수밖에 없었네."

쿵이가 아팠다니 전혀 몰랐다. 아니 지금 생각해 보니 내가 외면하고 있었던 것 같다. 쿵이가 나를 떠날까 봐 두려웠다. 물을 마시다 물그릇에 머리를 박았던 쿵이. 기운 없이 쉬고 싶다고 했던 쿵이. 밥을 남겼던 쿵이. 설사를 했던 쿵이. 그동안 대수롭지 않게 생각했던 쿵이의 모습들이 아팠다는 것을 나타내고 있었다.

"나 진짜 어떤 주인이었던 거야..."

바닥에 쪼그려 앉았다. 그런 나를 보고 다희가 크게 소리치며 현관으로 향했다.

"야! 김지안 정신 차려! 이제 와서 후회하면 어쩔 거야. 쿵이가 너 잘 지내라고 하잖아. 너 이럴 거야? 나랑 같이 강아지 주인 시험 봐서 새로운 강아지랑 살아."

다희가 거실로 다시 나갔다. 현관문에서 산책 스케줄러를 만지는 소리가 반복해서 들렸다.

"이거 왜 안돼? 너 뭐 잘못했어? 강아지 정부에서 너 위법행위 때문에 이제 강아지 주인시험 못 본다고 알림 뜨는데?"

내가 생각해도 나는 강아지 주인 시험을 볼 자격이 없었다. 강아지가 아프다는 걸 몰랐던 최악의 주인이다. 그것도 모자라 강아지나라에 있는 강아지를 몰래 데려왔으니 말이다.

"괜찮아. 나 어차피 다른 강아지랑 살 생각 없었어."

다희가 달려와 내 어깨를 잡고 흔들었다.

"뭐? 너 계속 이렇게 힘없이 지내겠다는 소리야?"

"아니, 너 말대로. 쿵이가 바라는 대로 잘 지내면서 살아야지. 나 더 이상 최악의 주인이 되고 싶지 않아."

쿵이가 바라는 대로 살아내야 한다. 행복해지려고 노력할 거다. 쿵이도 거기서 행복하게 잘 지내고 있을 거다. 편지에 그렇게 적었으니 나와의 약속이라 생각하고 잘 지낼 쿵이다. 그리고 언젠가 쿵이를 다시 볼 수 있지 않을까? 그냥 그런 생각이 들었다. 그때 내가 정말 행복했다고 말해주고 싶다.

쿵이가 언제 어디서든 행복하길 바랄 뿐이다. 쿵이도 그렇겠지?

혼자가 아니야, 세로

서영희

서영희   동물원 옆에 살며. 동물을 볼 때마다 어떤 생각을 하는지라는 호기심에서 글을 쓰게 되

었습니다. 글쓰는 동안만은 주인공이 된 듯이 그들의 마음을 이해 해 보려 하였습니다.

다시 동물원에 가면 새로운 마음으로 그들을 만날 수 있을 것 같습니다.

'엄마! 분명 엄마였다.'

엄마를 따라 나무 펜스를 어깨로 부수고 달려 나갔다. 정신없이 달리다 보니 어느덧 엄마는 보이지 않고 회색빛 건물들과 시끄러운 소음만이 나의 앞을 가로막았다.

혼란스러웠다. 이젠 엄마를 찾겠다는 생각보다 여길 빠져나가야 겠다는 생각뿐이었다.

앞만 보고 미친 듯이 내달렸다. 막다른 길에 다다르자 겨우 정신 이 들었다.

누군가 떨리는 목소리로 내 이름이 불렸다.

"세로야!"

낯익은 목소리였다. 그녀는 지금 나의 유일한 보호자인 사육사 다. 사실 무척 반가웠다.

나의 거친 숨소리와 사육사의 떨리는 목소리만 작은 골목을 가득 채웠다.

'딱' 소리와 함께 내 엉덩이에 무언가가 박혔다.

순간 눈앞이 깜깜 해지면서 시간이 멈춘 듯했다.

고통스러워 미친 듯이 몸을 좌우로 흔들어 댔다. 어딘가에 숨어 있던 사람들은 뛰쳐나와 큰 소리를 지르고 어수선해졌다. 머리가 깨질 듯 아파졌다. 나는 머리를 아래로 '쿵'하고 몇 번이고 내리꽂 았다. 정신을 차려보려 했으나 난 힘없이 차디찬 시멘트 바닥에 쓰 러져 깊은 잠에 빠져들었다.

눈앞에 진한 안개가 드리워져 있다. 안개를 헤치고 나아가니 아 빠, 엄마가 거기 서있었다. 반가운 마음에 부모님 곁으로 다가가려 했으나 발에 쇠뭉치가 달려 있는 듯 움직일 수 없었다. 그저 난 먼 발치에서 소리칠 수밖에 없었다.

"아빠, 엄마! 내가 얼마나 찾았는지 아세요?"

나는 원망하듯 울부짖었지만 아빠, 엄마는 아무 대답도 하지 않 았다. 아무리 크게 소리쳐 봐도 그저 슬픈 눈으로 나를 지켜볼 뿐 아무 대답도 하지 않았다. 눈물을 흘리며 더 큰소리로 "아빠, 엄 마!"외치며 발버둥 쳤다.

누군가가 "세로야" 하며 내 어깨를 크게 흔들어 깨웠다.

아직도 내 눈가엔 촉촉하게 눈물이 고여 있었다. 나를 깨운 건 막 다른 골목에서 나를 불러 주었던 사육사였다. 난 아빠, 엄마를 찾기 시작했다. 잠이 덜 깨어 흐릿한 시선으로 둘러보니 나는 다시 원래 있던 자리 동물원으로 돌아와 있었다.

모든 것이 꿈인 건가……너무 실망스러웠다.

실망스러움에 다시 다리에 힘이 풀려 풀썩 주저앉았다.

사육사는 나에게 먹음직스럽게 보이는 음식을 먹어 보라고 자꾸 입에 갖다 대었다.

너무 귀찮았다.

"깨어나서 다행이야."

"난 너까지 잃고 싶지는 않아, 세로야!"

그녀는 어깨를 들썩이며 울먹였다. 그녀는 여린 성격이었지만 아무리 힘들어도 우는 일은 없었다. 그런데 이번 일로 어지간히 놀란 모양이다. 그녀는 힘껏 날 안았다. 얼마나 내 곁을 지켰는지 알 수 없지만 사육사가 앉아 있던 건초더미가 움푹 파인 걸 보니 아마도 한참 동안 내가 의식 없이 잔 것 같다.

사실 난 그녀가 날 걱정해 주는 것도 부담스럽고 싫었다.

하지만 오늘만은 미안한 마음에 그녀가 안쓰러웠다. 그렇다고 해서 그녀가 갑자기 좋아지거나 하지는 않았다.

잠시의 침묵을 깨고 한숨을 푹 쉬며 그녀가 무겁게 말하기 시작하였다.

"세로야……"

"며칠 전 세로의 엄마도 하늘나라로 가셨어."

나는 순간 벼락을 맞은 것 같이 충격적 이였다. 아무 말도 할 수 없었다.

그녀의 말을 믿기 싫었다.

사육사는 어떻게든 날 위로하려 하였다.

"세로야 나도 너무 슬퍼! 그리고 미안해."

누가 먼저라고도 할 것 없이 울기 시작하였다. 우린 서로를 부둥켜안고 하염없이 울었다. 얼마나 울었는지 알 수 없지만 창밖은 깜깜해지고 저녁이 되어 있었다.

내가 사육사를 이렇게나 싫어하게 된 이유는 그녀가 나의 불행을 몰고 온 것 같아서다. 그녀가 동물원에 오고 얼마 지나지 않았을 때 평소처럼 아침 식사를 먹으려 하였다.

그러나 아빠는 아무리 깨워도 일어나지 않았다.

'난 너무 무서웠다.'

엄마는 미친 듯이 울기 시작하였다. 나도 엄마를 따라 울었다.

아빠의 몸은 차디차게 식어가고 나무처럼 뻣뻣해졌다.

다시는 아빠와 함께 할 수 없다고 생각을 하니 가슴 한 곳을 송곳으로 찌르는 것 같았다.

그렇게 엄마와 난 작별 인사도 못하고 급작스레 아빠와 이별을 하게 되었다.

그날 이후 엄마는 부쩍 기운이 없었다.

나도 너무 슬펐지만 나까지 우울해하면 엄마가 더 힘들어할 것 같아 엄마 앞에선 아무 일도 없는 것처럼 더 밝게 행동하였다.

언젠가 화가 났던 엄마가 내 큰 방귀 소리에 '깔깔깔' 웃던 것이 기억이 나 엄마 앞에서 예전처럼 큰 소리로 방귀를 뀌었다. 그러나 엄마는 웃지 않았다.

산책을 가자고 몇 분씩 졸라야 겨우 한 발작 움직였지만 그것조

차 너무 힘들어했다. 아직 날씨가 쌀쌀해서 더 그런 듯하다.

따뜻한 봄만 오면 엄마의 건강은 좋아질 거라고 생각하였다.

나의 노력에도 불구하고 엄마는 점점 더 힘이 없고 아침도 거르기 일쑤였다.

"미안하다. 세로야."

엄마는 나에게 몇 번이고 같은 말만 했다.

사육사는 고심 끝에 엄마를 나와 불리하여 더 따뜻한 축사로 옮겼다.

엄마가 내 걱정을 하지 않게 더 씩씩하게 엄마와 작별 인사를 하였다.

"엄마 잘 다녀와요."

"사랑한다. 세로야."

짧은 이 한마디를 남기고 엄마는 따뜻한 곳으로 사육사와 떠났다.

첫날밤은 무척이나 엄마가 보고 싶었다. 엄마가 떠난 자리에 엄마의 체취가 남아 있어 그 건초더미에 코를 묻고 잠을 청해 보았지만 엄마 걱정에 쉽게 잠을 잘 수 없었다.

나는 엄마가 건강해져 내 곁으로 돌아오길 하루하루 손꼽아 기다렸다.

엄마가 없이 혼자 보내는 하루하루는 정말이지 지루하고 너무 길었다.

곧 봄이고 엄마는 봄이 되면 건강해져 돌아올 것이라고 굳게 믿어 이 지루한 기다림을 참을 수 있었다.

난 긴 기다림으로 지칠 데로 지쳐 있었다. 분명 봄은 오고 있는데 엄마에 대한 소식은 없었다. 그날도 마당에 나와 산책을 하는데 펜스 넘어 엄마가 보였다. 나는 엄마를 따라 동물원 밖으로 내달렸다.

정말 힘든 하루였다. 생전 처음 보는 회색빛 빌딩은 날 당황시켰고 난 점점 더 흥분하여 정신을 잃은 듯하다. 나의 짧은 일탈은 끝나고 다시 동물원으로 실려 오고야 말았다.

얼마나 긴 시간을 잤는지 알 수 없지만 오직 내 곁에는 사육사만이 나를 지켜볼 뿐 아무도 없었다.

달빛에 비친 동물원을 둘러보니 여러 꽃들은 알록달록 피어 봄의 따스한 기운이 완연하였다. 외톨이가 된 내 마음과는 다르게 동물원의 봄은 너무 아름다웠다.

사육사와 내가 눈물로 엄마를 하늘나라로 보냈던 긴 밤이 지나 아침이 되니 동물원에는 평소와는 다른 기류가 느껴졌다.

담장 너머로 캥거루 아저씨가 내 이름 불렀다.

그는 아빠가 우리 곁을 떠났을 때도 엄마와 날 위로해 주었던 고마운 아저씨이다.

"세로야 거기 있니 돌아왔다는 소식을 듣고 너무 기뻤다. 몸은 괜찮니?"

내가 탈출했던 사이에 동물원에는 내가 꽤 큰 이슈였던 것 같다.

"안녕하세요. 조금 몸이 뻐근하긴 한데 괜찮아요."

"다행이구나! 세로가 많이 힘들었나 보구나."

"나도 오늘따라 너희 부모님이 너무 보고 싶구나!"

캥거루 아저씨도 울음을 꾹 참으며 말하였다.

동물원에 모두들 나와 같이 우리 부모님을 그리워하고 있었다.

나처럼 슬픔을 요란스럽게 표현하지는 않았지만 마음으로 담담히 각자의 방식으로 작별하고 있었던 것이었다.

캥거루 아저씨가 말해 주었다.

내가 동물원을 탈출했던 이야기가 뉴스가 되어 세계 각국으로 퍼져 하루아침에 나는 세상에서 제일 유명한 얼룩말이 되었다고…….

그저 난 엄마를 만나기 위함 이였는데 좀 어리둥절했다.

아침부터 나를 만나기 위해 많은 사람들이 몇 시간씩 줄을 서서 나를 기다렸다.

내가 등장하면 '와!'하며 어린아이들이 환호를 했다.

아이들의 환호에 난 부응해야 할 것 같아 나의 특기인 방귀를 '뿡' 뀌니 옛날에 엄마가 웃었듯이 어린아이들이 '까르르'웃어 주었다.

이렇게 많은 사람들이 나를 사랑해 주다니 너무 놀라웠다. 부모님 생각도 잠시 남아 잊을 수 있었다.

밤이 되고 사람들은 하나, 둘 사라지면 또 나는 오롯이 혼자가 되었다.

이제는 아무리 찾아도 엄마 체취가 남아 있는 건초더미도 없다.

한동안 엄마의 체취가 남아 있는 건초 덕에 잠을 잘 수 있었는데 이제는 진짜 잠자기 힘들어졌다. 잠을 못 자고 모서리에 쪼그려 앉아 작은 창문 사이로 초승달을 올려 다 보았다.

아빠, 엄마의 얼굴을 그리며 긴 밤을 지새웠다.

아침부터 사육사는 부산스럽게 왔다 갔다 날 정신없게 만들었다.

늦게까지 잠을 못 자 너무 피곤한데 난 슬슬 짜증이 났다. 그러나 사육사는 콧노래를 부르며 청소를 하는 것이 아닌가! 가끔 보면 그녀는 눈치도 없다.

"아! 짜증 나."

소리치는 찰나 무거운 철문이 '철컹' 열리더니 반지르르한 털에 반짝이는 검정 눈을 갖은 작은 체구의 얼룩말 한 마리가 걸어 들어왔다. 부모님 이외에 얼룩말은 처음 보는 거라 너무 신기했다.

새 친구도 이 상황이 당황스러운지 얼음처럼 굳어 움직이지 않았다.

내가 다가가야 할 것 같았다. 주저하다 용기를 내어 한 발짝 다가섰다. 바로 그 친구는 한 발짝 뒤로 물러섰다.

나는 풀이 죽었다. 내가 싫은 건가 알 수가 없었다.

어떻게 해야 할지 몰라서 한동안 아무 말 없이 서로의 숨소리만 느끼며 멀찌감치 떨어져 딴청만 피웠다.

얼마나 시간이 지났는지 알 수 없었지만 내 배에서 꼬르륵하고 소리가 났다.

새 친구가 피식 웃었다. 내 꼬르륵 소리를 들은 모양이었다.

"아침에 밥을 못 먹어서 배가 고프네."

난 머쓱해서 한마디 하였다.

그때 마침 사육사는 맛있는 간식과 건초를 가지고 들어왔다.

나는 얼른 뛰어가 허겁지겁 밥을 먹었다. 그녀는 내 곁으로도 오지 않고 음식도 먹으려 하지 않았다.

"코코야 밥 먹어야지."

사육사도 걱정인 듯 말했다.

새 친구의 이름은 코코인 것 같다.

사육사가 떠나고 우리는 또 둘이 되고 무거운 침묵만 계속되었다.

코코는 좀처럼 마음 열지 않았다. 난 매일 하던 산책도 가지 않고 코코 옆에서 우두커니 서 있었다.

이번엔 점심을 많이 먹어서 인지 방귀가 '뽕'하고 나왔다.

코코는 웃음을 참지 못하고 '풋'하고 웃었다.

나는 한 번 더 '뽕 뽕 뽕' 리듬감 있이 방귀를 뀌었다. 이번엔 코코 가 크게 웃었다.

"넌 참 재미있는 아이구나!"

코코는 웃으며 새침하게 한마디 하였다.

"나는 세로라고 해. 만나서 반가워!"

"안녕 난 코코."

코코와 인사를 하고 대화를 하기 시작하였다.

코코는 유쾌하고 밝은 성격이었다. 그래서 나는 쉽게 내 이야기 를 꺼 낼 수 있었다. 묵묵히 듣던 코코의 눈에서 눈물이 뚝하고 바 닥에 떨어졌다.

또 내가 무슨 잘 못을 했나 내가 무슨 말을 했는지 다시 생각해 보았지만 잘못된 것 없었다. 하지만 우선 사과하였다.

"미안."

"아니야 세로야 너의 이야기가 나랑 비슷해서 눈물이 났어."

코코도 최근에 부모님과 이별을 하였다고 했다. 나의 마음을 이해해 주는 사람 생겨 난 너무 행복했다.

코코한테는 엄마의 향기와는 달랐지만 달콤한 아몬드 향기가 났다. 향기에 취했는지 무슨 감정인지 모르겠지만 코코에게 다가서면 가슴이 '쿵쾅'거리며 뛰었다.

혼자였을 땐 그렇게 시간이 안 가더니 코코랑 있으니 하루가 너무 빨리 지나갔다.

밤이 되었다. 새 건초더미의 폭신함과 코코의 달콤한 향기가 옛날 부모님과의 행복했던 추억이 생각나 눈물이 났다. 코코가 눈치 못 채게 난 얼른 눈물을 닦았다.

떨리고 흥분돼서 나는 좀처럼 잠을 잘 수 없었다. 코코는 나와 다르게 먼 길을 와서인지 금세 잠이 들었다. 옛날에 엄마가 잤던 자리에 코코가 자고 있다. 엄마가 살아 돌아온 것 같아 가슴이 벅차올랐다.

불현듯 내가 자면 코코도 우리 부모님처럼 없어질 것 같아 불안감이 생겼다. 오늘 저녁은 코코를 지키기로 마음먹었다. 너무 졸리지만 눈을 비비며 코코를 지키려 했다.

아침 햇살에 눈이 부셨다.

'아차! 아침이다.'

내가 깜빡 졸았던 모양이다.

난 먼저 코코를 찾았다.

'아뿔싸, 코코가 없다.'

어디로 사라 진 건가 아니면 코코의 존재 전부가 꿈이었던 건가 초조해 왔다 갔다 했다. 어제 코코가 있었던 건초더미를 휘저으며 냄새를 맡아 보았다.

다행히 코코의 달콤한 향기가 난다 꿈은 아니었다. 우선 안도했지만 어디에도 없는 코코가 걱정이 되어 나는 큰소리로 울기 시작하였다.

우렁찬 소리 때문인지 알 수 없지만 사육사와 코코는 다시 돌아왔다.

"어디 갔었어. 너도 없어진 줄 알고 얼마나 걱정했었는지 몰라!"

"잠깐 사육사님과 함께 동물원 구경을 하고 왔어."

나는 소리 지르던 것을 멈추고 코코에게 다가가 어린 꼬마 아이처럼 칭얼대었다.

그 모습을 귀엽다는 듯 쳐다보고 웃어 주었다.

우리는 좋아하는 음식도, 좋아하는 꽃도, 좋아하는 취미도 다 같았다.

산책을 할 때는 나란히 발맞추어 걸었다. 코코는 나보다 보폭이 작은 편이였다. 그걸 눈치채고 천천히 걸었다.

우리 아빠도 나에게 항상 그렇게 해 주었다. 나의 느린 걸음을 느긋하게 기다려 주었다. 이젠 내가 아빠처럼 코코를 기다리다니 정말 난 어른이 된 거 같다.

난 항상 받기만 하였다. 이제는 내가 코코에게 무언가를 해 줄 수 있어서 행복했다.

사육사에게도 이제는 어른스럽게 행동하려 한다. 그녀에게도 도움을 주고 싶어졌다.

오늘은 담장 너머의 캥거루 아저씨를 내가 먼저 불렀다.

"아저씨!"

"응, 세로야 잘 있었어."

"아저씨 저 친구가 생겼어요."

흥분해서 보통 보다 큰 소리로 말했다.

캥거루 아저씨도 부모님처럼 날 자랑스러워했다.

"축하한다."

코코도 상냥하게 캥거루 아저씨에게 인사하였다.

캥거루 아저씨는 코코가 너무 궁금한지 나무 펜스 사이의 작은 틈으로 빼꼼히 코코를 보았다.

사실 난 부모님에게 제일 먼저 코코를 소개해 주고 싶었다. 아저씨처럼 우리 부모님도 좋아하셨겠지 하는 생각에 난 하늘을 보며 큰소리로 외쳤다.

"저도 이제 가족이 생겼어요. 아빠, 엄마."

"사랑해요."

핸드폰을 탈출한 앵무새

물결

물결   사랑하는 것들을 무척 사랑하고 정말 좋아하는 사람이에요. 좋아하는 것들을 너무 좋

아해서 종종 나자신보다 더 좋아할 때가 있지만 내가 좋아하고 사랑하는 것들을 위해서

조금은 참고, 나를 더 살필 줄 아는 어른이 되기 위해 노력해요.

인스타그램: @little_maritime

"앵무새다!"

새파란 하늘에 갓 짠 물감처럼 선명한 빨간색. 커다랗고 빠른 새한 마리가 금세 작은 점이 되어 사라졌다.

뭐지? 꿈인가? 매일 다니던 등굣길에 난데없는 앵무새라니. 어안이 벙벙했다. 분명 엄마가 좋아하는 내셔널지오그래픽 잡지에서 봤던 커다란 앵무새였다. 앵무새가 지나간 자리는 선명한 색깔을 칠한 것처럼 또렷해졌다. 내가 서있는 세상이 갑자기 전혀 다른 세상이 된 것 같았다. 삐이익-! 호루라기 소리를 따라 돌아보니 처음 보는 아주머니의 팔에 조금 전의 빨간 앵무새가 날아와 앉았다. 아주머니는 앞치마 주머니에서 간식을 꺼내 앵무새에게 먹여주더니 나를 보고 웃었다.

"안녕?"

헉 말을 걸 줄은 몰랐는데! 당황해서 주변을 두리번거리자 아주머니의 뒤로 앵무새가 그려진 '파라다이스 파크'라는 간판이 보였다. 나무껍질과 식물들로 꾸며진 가게 앞에는 크고 작은 새장들이 여럿 놓여 있었다. 앵무새 카페구나! 얼마 전까지 공사 중이었는데 언제 생겼지? 다양한 식물들로 꾸며진 앵무새 카페는 마치 웹소설에 나오는 이세계 같았다.

"안녕!!"

아주머니의 팔에 앉아있던 앵무새가 큰 목소리로 인사했다.

"안녕..?"

가까이 가도 되나? 만져보고 싶은데. 윤기나는 깃털에 빛이 반사돼서 반짝이는 홀로그램을 보고 있는 것 같았다. 아주머니의 눈치를 슬쩍 보니 아주머니가 웃으며 고개를 끄덕였다.

진짜 조금만 보고 가야지 조금만. 발걸음을 떼는 순간,

지이이잉-

목에 걸린 핸드폰이 요란하게 울렸다. 화들짝 놀라 확인하니 엄마다. 벌써 8:35분이었다.

늦었다! 빨리 가야 하는데! 발걸음을 돌려 빠른 걸음으로 교문으로 향했다. 몇 걸음 걷지도 않았는데 심장이 빠르게 뛰기 시작했다. 안돼. 안돼.

뛰면 안 돼!

천천히! 천천히!

후우후우 심호흡을 하면서 진동하는 핸드폰을 달래듯이 품에 안고 교문을 통과했다.

심장도 핸드폰도 뭐 하나 날 도와주는 놈이 없다. 교문 문턱을 넘

자마자 크게 심호흡하고 전화받기 버튼을 눌렀다.

"후우~! 응 엄마!"

"어, 연우야. 학교 잘 갔어? 왜 도착했다는 톡이 없어?"

"응 좀 전에 들어와서. 이제 보내려고 했어요."

"너 지금 숨차니? 달렸어? 어유 정말! 너 숨차면 안 된다니까?"

엄마는 정말 어떻게 이렇게 내 모든 걸 다 알까. 방금 내 목소리는 내가 들어도 평소랑 똑같았는데. 전화에 들리지 않게끔 작게 다시 심호흡했다.

"아니에요 엄마. 나 괜찮아요 진짜야! 안 달렸어요."

"너 정말 뛰면 안 돼. 알았지? 오늘 체육시간에도 선생님께 말씀드려서 꼭 쉬어 응? 알았지?"

"응 알았어요"

"어휴..정말… 교실 들어가면 가방 내려놓고 수업 시작하기 전에 화장실 다녀오고 손도 꼭 씻고."

"응.."

"엄마가 가방 안에 물통 넣어 놨거든? 물 다 마시면 쉬는 시간에 정수기에서 물 받아와서 물 계속 마셔야 해."

"응"

엄마의 걱정 폭탄을 들으면서 핸드폰 목 끈을 만지작거렸다. 벌써 때가 탔네. 뜨아거 목걸이 찾기 힘들었는데. 교실로 달려가는 아이들 중에 나처럼 아침부터 엄마와 전화를 하고 있는 애는 아무도 없는 것 같았다.

"그래. 선생님 말 잘 듣고, 점심시간 되면 또 연락해. 알았지?"

"응"

끊어진 전화기를 보고 있자니 갑자기 등에 맨 가방이 두 세배로 무거워진 것 같았다. 오늘도 시작부터 엄마의 한숨소리를 들었다. 걱정시키고 싶지 않은데. 아무리 잘하려고 해도 엄마의 한숨소리를 안 듣는 날이 없다. 난 정말 왜 이럴까. 앵무새 카페라니. 분명 이상한 균도 많고 엄마가 걱정하기 딱 좋은 곳 일 거다. 생각도 하지 말아야지. 고개를 절레절레 저어서 빨간 앵무새의 모습을 털어 냈다.

다들 신나서 집으로 달려가는 하교 시간. 차마 교문을 넘지 못하고 옷에 묻은 얼룩을 손가락으로 빡빡 문질렀다. 슬쩍 침도 발라 봤다. 그치. 지워질 리가 없지.

"에휴"

엄마의 말을 어길 생각은 없었다. 분명 선생님께 쉬겠다고 말씀을 드렸고, 선생님도 준비운동까지만 같이 하고 앉아서 쉬라고 하셨다. 그럼 뭐해. 숨이 차지도 않았고, 피곤하거나 어지럽지도 않았는데 그냥 코피가 났다.

집에 가는 길은 슬퍼하는 엄마 얼굴을 마주하러 가는 길이 돼버렸다. 목에 걸린 핸드폰이 너무 무거웠다.

"연우야 뭐해? 집에 안 가?"

핸드폰을 들고 머뭇거리고 있는데 승진이가 말을 걸었다. 승진이는 어떻게 저렇게 항상 기운이 넘칠까.

"응 가야지"

"뭐 하는데?"

바짝 다가온 승진이가 폰 화면이 안 보일 정도로 불쑥 얼굴을 들이밀었다. '엄마 나 코피 났어요'라는 톡을 써두기만 하고 보내기 버튼을 누를까 말까 망설이고 있던 참이었다. 승진이가 핸드폰과 나를 번갈아 보더니 자기가 전송 버튼을 눌러버렸다.

"야 이런 건 빨리…"

"뭐 하는 거야!"

전송 취소를 하려고 하는데 버벅대는 사이 숫자 1이 사라졌다.

"아… 진짜..."

쌓여있던 답답함까지 더해져 혼잣말인 척 승진이에게 짜증을 내버렸다. 승진이는 내 눈치를 보더니 입을 삐죽이면서 슬금슬금 도망쳤다. 승진이에게 미안한 와중에도 짜증이 치밀어 올랐다. 아무리 친해도 그렇지 남의 폰을 왜 자기가 만져? 엄마의 톡을 기다리면서 신경질을 내며 핸드폰을 잠갔다 풀었다 반복했다. 사실 승진이한테 짜증 낼 일은 아닌데. 승진이는 나랑 잘 놀아주고 매일 인사해 주는 좋은 애인데. 난 왜 이렇게 모두의 기분을 안 좋게 만드는 걸까.

엄마는 뭐라고 하실까? 역시 속상해하시려나. 아직도 톡 화면을 보면서 엄마의 답을 기다리고 있는 나 자신에게도 짜증이 난다. 뭘 이렇게 어쩔 줄을 몰라 하나. 사람이 살다가 코피가 좀 날 수도 있는데. 엄마도 그냥 그랬구나 해주지 않을까? 내가 그렇게 큰 잘못을 한 것도 아니잖아.

'휴'

엄마의 한 글자 짜리 톡이 화면에 떴다. 마음이 쿵 소리를 내면서 바닥으로 굴러떨어졌다. 대충 청소한 복도의 먼지가 가득 묻어 엉망진창이 된 기분이었다. 엄마의 한숨소리. 소독약 냄새가 나는 거끌거끌한 병원 침대에서 들었던 그 한숨소리. 매일매일 아무리 열심히 애써도 나는 결국 엄마의 걱정거리다. 엄마 발에 대롱대롱 매달린 커다란 짐덩이가 된 것 같았다. 마음이 갑갑해서 눈물이 나올 것 같았다. 안돼. 엄마가 더 걱정할 거야. 왈칵 치밀어 오르는 눈물을 꼴깍 삼키고 답장을 썼다. 한 글자 한 글자 엄마에게 씩씩해 보이도록 골랐다.

'괜찮아요 엄마! 나 멀쩡해!'

이 정도면 될까? 멀쩡하다는 말이 오히려 더 걱정스럽지 않을까? 생각이 꼬리에 꼬리를 물고 이어졌다. 이러면? 저러면? 엄마는? 엄마라면? 엄마한텐? 엄마니까?

아 진짜 모르겠다.

한껏 꼬인 기분과는 다른 발랄하게 웃는 이모티콘까지 골라 전송을 눌렀다. 엄마의 다음 말은 뭘까. 이리저리 시뮬레이션을 돌려보며 마음의 준비를 하고 있는데 톡이 한참을 가지 않더니 전송 실패 알림이 떴다.

응? 재전송 버튼을 눌러봐도 계속 톡이 가지 않았다.

"어?"

핸드폰을 확인해 보니 통신사 신호 표시가 꺼져있다. 검색 앱도

켜지지 않았다. 다시 한번 톡을 켜보니 이번엔 아예 인터넷 연결을 확인해 달라는 알림이 떴다.

뭐지? 왜 이러지?

"어 뭐야, 나 핸드폰 안 돼."

불안함에 주변을 살펴보니 핸드폰을 잡고 어리둥절하는 사람들이 많았다. 핸드폰이 안된다고? 몇 번을 껐다 켰다 해봐도 신호가 안 잡혔다. 이게 말이 되나? 엄마한테 답장해야 하는데. 연락이 안 되면 엄마가 불안해할 텐데. 아직 괜찮다고 대답도 못했는데! 난감함에 핸드폰만 붙잡고 제자리를 빙빙 돌았다. 아 맞아! 안방에 집 전화가 있었지. 얼른 집에 가서 그걸로 전화를 해야겠다. 일단 재빨리 시간을 확인했다. 지금 시간 2시 03분. 내가 보통 집에 도착해서 엄마에게 집에 도착했다고 톡을 보내는 시간은 2시 20분 정도다. 다른 걸 할 수는 없는 걸어 가기만도 빠듯한 시간이다. 얼른 집에 가야겠다. 최대한 빨리 집에 가서 엄마에게 전화를 하기 위해 발걸음을 재촉했다. 집에 가서 먼저 가방을 내려놓고 손을 씻고 바로 전화해야지. 밝은 목소리로 괜찮다고 말하면서 웃어줘야 겠다. 그래야 엄마가 걱정을 안 할 테니까. 엄마의 걱정하는 목소리와 표정은 눈을 감아도 늘 선명하게 그려진다.

'연우야, 엄마는 연우밖에 없는 거 알지? 엄마는 연우 때문에 사는 거야.'

'엄마가 뭘 그렇게 잘못한 걸까? 뭘 그렇게 잘못해서 우리 연우가 이렇게 아플까.'

'이게 다 엄마 잘못이지. 엄마가 미안해 연우야'

엄마는 항상 미안한 표정으로 날 봤다. 내가 모르는 척, 눈치 없는 척 히히 웃어야 웃었다. 사실 나도 엄마가 속상한 게 속상한데. 나야말로 맨날 맨날 미안한데. 엄마에게는 말 못 하는 많은 생각들이 머릿속에 꽉꽉 찬다. 엄마의 눈에 걱정이 가득가득 차다가 넘치면 걱정덩어리는 한 뭉치가 돼서 입 밖으로 나왔다.

'휴'

그러면 나는 정말 정말 너무너무 미안해서 꼴깍 눈물을 삼키는 것밖에 할 수 없었다. 얼른 집에 가서 전화를 해야 해. 안방 전화기는 먼저 통화 버튼을 누르고, 핸드폰 번호를 눌러서…

전화를 하면?

어느새 내 발걸음은 제자리에 멈춰 서 있었다. 집에 가기 싫다. 진짜 싫어. 집에 가면 전화를 해야 하고, 전화를 하면 엄마의 걱정스러운 목소리를 들어야 하잖아. 또! 한숨이 절로 나왔다. 엄마의 걱정은 종종 내 머리 위를 덮고 있는 커다란 새장 같다. 난 매일매일 엄마의 걱정을 벗어나지 않게 전전긍긍해야 한다. 발걸음이 도저히 떨어지지를 않네. 하늘을 올려다보니 하늘은 내 마음과 달리 환하게 밝았다. 아침에 봤던 앵무새는 그렇게 시원하게 하늘을 날면 어떤 기분일까? 체육복에 묻은 빨간 코피 자국이 앵무새의 기다란 꼬리 깃털처럼 보였다. 내가 아주 잠깐만 새장을 나가면 어떻게 되는 걸까? 지금은 정말로 집에 가기 싫었다. 잠시만이라도 기분전환을 하고 싶었다. 엄마도 가끔씩은 놀러 갔다 와도 된다고 허락해

줬다. 원래는 미리 말을 해야 하지만. 핸드폰을 확인하니 여전히 통신 표시가 꺼져 있었다. 그래 맞아. 핸드폰이 안 돼서 어쩔 수 없이 연락을 못 하니까 말을 못 한 거야. 핸드폰이 안 돼서 그런 거야! 어쩔 수 없는걸! 그렇게 생각하니 마음이 한결 가벼워졌다. 충분히 그래도 되는 이유가 생긴 것 같았다.

'그리고 사실대로 이야기하면 엄마는 못 가게 할 거잖아.'

마음속에서 심술궂은 목소리가 들렸다. 엄마는 내가 동물 근처에만 가도 기겁을 했다. 어떤 병균이 있을지 모른다나 뭐라나. 집 반대 방향으로 조심스럽게 발걸음을 뗐다. 한 걸음을 디디고 나니 발에 모터를 단것처럼 빠르게 움직였다.

"후아!"

갑자기 몸의 감각이 생생해지면서 몸이 떨려왔다. 엄청난 잘못을 저지르는 기분이었다. 떨리는 손을 가슴팍에 모아 쥐고 심호흡을 했다. 너무 빨리 걸으면 안 돼. 천천히 가자. 아냐 빨리 갔다 와야 해! 이래도 되나? 엄마한테 들키면 어떻게 해? 예전에 봤던 애니메이션 영화의 한 장면처럼 머릿속에서 여러 명의 내가 모두 당황해서 자기 생각을 떠들어 대고 있었다. 하지만 그러면서도 가슴 한가운데가 시원하게 뚫려서 바람이 통하는 것처럼 시원했다. 괜찮아. 괜찮아. 잠깐만이야. 아주 잠깐만! 조금 전까지 발이 움직이질 않던 게 믿기지 않을 정도로 빠르게 앵무새 카페로 향했다. 발걸음이 가벼워서 날아가는 것 같았다. 내가 엄마 몰래 여길 오다니! 믿기지가 않네! 앵무새 카페 앞에는 넓적한 돌이 징검다리처럼 점점이 놓여

서 카페 입구로 통해 있었다. 한 발 한 발 돌을 디딜 때마다 기분이 점점 더 좋아졌다. 기웃기웃 앵무새 카페의 입구를 살피는데 딸랑 소리를 내며 카페 문이 열렸다.

"안녕? 들어올래?"

"아, 안녕하세요."

아침에 봤던 아주머니의 뒤로 여러 앵무새들의 울음소리가 와르르 쏟아졌다. 유튜브로 봤던 숨겨진 고대 유적지로 들어가는 문이 열린 것 같았다.

"우와!"

나는 홀린 듯이 카페 안으로 들어설 수밖에 없었다. 밖에서 구경만 하려고 했는데 문틈으로 보이는 카페 안은 정말 공기부터 달랐다. 앵무새들에게 맞는 온도인지 바깥보다 훨씬 따뜻하고 비가 온 뒤처럼 습했다. 진짜 정글 같네! 카페 가운데에는 커다란 나무가 떡하니 자리 잡고 있었다. 팔을 쭉 벌리고 감싸 안아도 우리 조 아이들은 다 데려와야 할 만큼 커다란 나무였다. 나무의 가지가 카페 천장을 가리고 있는데도 가지 사이사이로 밝은 햇빛이 비쳐서 밖에 있는 것처럼 밝았다. 카페 안으로 들어온 순간부터 귀가 따가울 정도로 울어대는 다양한 앵무새들이 나뭇가지 마다마다 앉아 있었다. 앵무새들은 나무에 졸졸이 앉아 나를 바라보다가 포르르 날아가기도 하고, 물이 흐르는 작은 분수에서 목욕을 하기도 했다. 앵무새들은 새장에 들어 있을 줄 알았는데 예상과 달리 다들 자유롭게 날아다니고 있었다.

어라? 카페 안이 밖에서 본 것보다 훨씬 넓은 것 같네?

"마실 거 줄까?"

얼이 빠져서 구경하다 아주머니의 말에 정신이 들었다.

"앗! 저, 용돈이 많이 없어서요. 어, 얼마인가요?"

서둘러 지갑을 꺼내서 돈을 확인했다. 이걸로 될까? 액자 뒤에 숨겨둔 비상금이 간절했다.

"하하하. 괜찮아. 오픈 특별 이벤트라고 해두자."

"정말요? 어….."

엄마가 가게에 갔을 때는 꼭 돈을 내라고 했는데. 카페에 나 말고 아무도 없는데 너무 죄송하잖아. 내가 우물쭈물거리며 조금씩 뒷걸음질 치자 아주머니는 나를 빤히 보다가 웃으면서 말씀하셨다.

"그냥 공짜가 아니야. 네가 첫 손님이거든! 재밌게 놀고 친구들이랑 어른들한테 열심히 홍보해 줘야 한다? 이런 카페는 리뷰가 중요한 거 알지?"

아주머니는 밝게 이야기하고는 커다란 나무 뒤의 방으로 사라지셨다. 어어어 하다가 감사하다는 인사도 못했다. 아주머니가 들어가신 방에서는 벌써 달그락달그락 하면서 무언가를 만드는 소리가 났다. 너무 죄송한데. 홍보 꼭 열심히 해드려야겠다.

푸드덕

"앗!"

"안녕!"

그 앵무새다! 아침에 봤던 빨간 앵무새가 날아와 어깨에 앉았다.

앵무새는 고개를 갸웃갸웃 거리며 나를 바라보다가 테이블로 날아 갔다.

"어서 오세요!"

앵무새는 테이블 위를 걸어 다니면서 '어서 오세요!'를 반복했다. 저기로 앉으라는 걸까? 너무 신기하다! 저절로 웃음이 터져 나왔 다. 앵무새가 안내하는 테이블에 앉으니 이번엔 어디선가 메뉴판을 물어다 줬다. 손으로 쓴 것 같은 메뉴판에는 다양한 음료와 함께 앵 무새들과 함께 놀 때의 안내사항들이 적혀있었다. 주의사항을 읽어 보려는데 앵무새가 안녕! 인사를 하며 비집고 들어왔다. 손에 머리 를 비비며 장난을 쳤다.

"아하하! 귀여워"

손가락으로 앵무새의 머리를 긁어주니 기분이 좋은 듯이 날개 를 파닥 거렸다. 사람을 좋아하나 봐. 너무 귀엽다. 이렇게 가까이 서 동물을 만져보는 건 처음이었다. 부드럽고 포근한 앵무새를 쓰 다듬고 있으니 어쩐지 감동적이었다. 앵무새가 날개를 파닥일 때마 다 커다랗고 튼튼한 날개가 기분 좋은 바람을 일으켰다. 이렇게 튼 튼한 날개가 있으니 그렇게 멋지게 하늘을 나는 거겠지? 괜히 등에 힘을 줘봤다. 사실 나에게 나도 모르던 튼튼한 날개가 있어서 등에 힘을 주면 날개가 확 펼쳐진다면 좋을 텐데. 심장이 약한 것도 원 래 날아다녀야 하는데 걸어 다녀서 그랬던 거지. 만약 정말 그런 거 라면 엄마도 걱정을 덜 할 텐데. 갑자기 씁쓸한 기분이 들었다. 너 라면 걱정시키지 않겠지? 자유롭게 마음껏 날아다니는 앵무새를 생각하니 묘한 질투심도 일었다.

"어?"

문득 자세히 보니 앵무새는 테이블 위를 절뚝이며 걷고 있었다. 잠시도 가만히 있지 않아서 빨리 발견하지 못했는데 분명 양쪽 발가락 개수가 달랐다. 제대로 본 게 맞나? 몸을 낮추고 앵무새의 발을 관찰해 보려고 하는데 앵무새가 놀자는 뜻으로 알았는지 자기도 몸을 낮추고 들썩들썩거리면서 춤을 추기 시작했다. 귀엽긴 한데 발이 잘 안 보이잖아!

"가만히 있어 봐!"

"재밌게 놀고 있니?"

뒤를 돌아보니 달콤한 냄새가 나는 음료를 든 아주머니가 서 계셨다.

"아, 네! 너무 귀여워요! 정말 감사합니다!"

음료를 보니 갑자기 확 목이 말라졌다. 군침을 삼키면서 아주머니가 주신 음료를 받아 꿀떡꿀떡 마셨다. 목부터 뱃속까지 음료가 지나간 자리가 시원해졌다. 달달하고 시원한 과일 스무디 같았는데 처음 느끼는 맛이었다. 시원하고 상큼해서인지 머리까지 맑아지는 기분이었다.

"와 이거 정말 맛있어요! 신기하게 머리도 개운해지는 것 같아요"

"하하, 그러니? 사실은 힘이 나는 마법의 재료를 살짝 넣었단다."

진짜 비밀을 말해주는 듯이 목소리를 낮춰 조심스레 말하는 아주머니를 보고 히히 웃음이 나왔다. 아주머니도 나를 보고 웃다가 앵무새를 향해 손을 내밀었다. 앵무새는 파닥 날아서 아주머니의 팔에 앉았다. 앵무새는 아주머니를 살짝살짝 깨물면서 애교를 부렸다. 앵무새가 아주머니의 팔에 앉아있으니 발이 잘 보였다. 확실히 오른쪽보다 왼쪽 발가락 개수가 하나 적었다.

"맞아. 얘는 발이 좀 불편해."

너무 집중해서 봤는지 아주머니가 먼저 말을 꺼내셨다. 얘도 불편한 곳이 있었구나.

"그렇구나… 그래도 엄청 멋지게 날 수 있잖아요. 부러워요."

앵무새를 쓰다듬었다. 앵무새는 내가 자기를 부러워하는 걸 아는지 모르는지 내 옷소매를 당기면서 장난을 쳤다.

"그치. 원래는 아주 높이 멀리 날 수 있어. 멀리 날아갔다가 나한테 돌아오는 걸 볼 때면 어깨가 으쓱해져."

원래는? 내가 의아한 표정으로 아주머니를 바라보자 아주머니가 난감한 표정으로 웃었다.

"이 근처는 좀 위험하더라고. 유리창도 많고, 차도, 황조롱이도 많고."

나는 무슨 말인지 이해할 수 없어서 아주머니의 말을 듣고만 있었다.

"그래서 손님들이 많이 오기 전에 윙컷을 해 줄 생각이었거든. 특히 얘는 몸도 불편하니까."

윙컷?

"윙컷이 뭐예요?"

"앵무새들이 위험해지지 않게 보호하기 위해서 날개깃을 조금 잘라주는 거야."

"그럼…"

못 날게 되지 않나요? 뒷말은 차마 나오지 않았다. 잘 날아다니는 앵무새를 보호하기 위해서 날개를 자른다니? 쉽게 이해가 되지 않았다. 이름도 너무 무서워. 윙 컷은 날개를 자른다는 뜻이 분명했다.

"한 번 볼래? 무섭지 않아. 앵무새들이 아픈 것도 아니란다."

아주머니는 아무렇지도 않게 앞치마에서 가위를 꺼내 들었다. 익숙한 듯이 앵무새를 품에 안고 날개깃을 펼치더니

썩둑.

앵무새의 날개깃털을 몇 장 잘라냈다. 잘린 깃털이 후드득 떨어졌다. 반대편 깃털도 잘려나갔다. 나는 잘린 깃털에서 눈을 뗄 수 없었다. 앵무새는 익숙해 보였다. 손에 들고 있는 음료가 차가워서인지 몸이 떨렸다.

"봐 괜찮지?"

아주머니는 앵무새를 들어서 던져보였다. 앵무새는 파드닥 날갯짓을 하면서도 높이 날지 못하고 바닥으로 착지했다.

앵무새는 바닥을 타박타박 걷다가 장난감을 가지고 놀기 시작했다. 이제 앵무새는 안전한 카페 안에서만 지내겠구나. 갑자기 카페 안이 커다란 새장으로 보였다. 사실 아주 조금이지만 다시 태어난다면 앵무새가 되고 싶다고 생각했는데.

지이이잉-

"으악!"

쨍그랑!

갑작스러운 핸드폰 진동에 놀라 음료 컵을 놓쳐버렸다. 엄마였다. 유리잔은 요란한 소리를 내며 산산조각이 났다. 유리잔이 깨지는 소리에 앵무새들이 놀라 시끄럽게 울며 일제히 날아올랐다. 아주머니는 깜짝 놀라 나를 밀어내고 유리조각을 치우기 시작했다. 나는 아주머니와 핸드폰을 번갈아보며 어쩔 줄 몰라 하다 전화를 받았다.

"여, 여보세요?"

"여보세요? 연우니? 어휴 다행이다. 너 집에 잘 들어갔어?"

"어…"

마음껏 하늘을 날다가 갑자기 땅으로 곤두박질친 기분이었다.

"너 어디니?"

엄마의 목소리는 싸늘했다. 화가 난 게 분명했다. 전화받지 말걸. 그렇지만 계속 연락도 안 되다가 전화도 안 받으면 정말로 걱정했을 텐데. 엄마의 질문 공세에 단 하나도 제대로 대답을 하지 못했다. 그러면서도 다른 앵무새들은 다 놀라서 날아다니는데 점프를 하며 파닥거리다 다시 바닥으로 내려오는 빨간 앵무새를 바라보고 있었다.

"정연우! 너 뭐 하는 거야 정말!"

집으로 돌아와서는 엄마의 퇴근시간을 형이 집행되는 날의 사형수처럼 기다렸다. 예상대로 엄마는 돌아오자마자 나에게 호통을 쳤다.

"엄마 걱정돼서 넘어가는 꼴 보고 싶어서 그래? 앵무새 카페라니! 말도 안 하고!"

나는 고개를 푹 숙이고 아무말도 하지 못했다. 화를 내는 엄마 눈에는 눈물이 그렁그렁 맺혀 있었다.

"안되겠어. 너 '아이지킴이' 깔아. 엄마 더 이상은 못 봐줘."

'아이지킴이'라는 말에 정신이 번쩍 들었다. 아이지킴이는 내가 정말정말 이것만은 싫다며 버티던 어린이용 위치 추적 앱이었다. 세상에. 내 친구들 중에 아이지킴이를 깐 애는 아무도 없었다. 아니, 학교 전체에 아무도 없을지도 모른다. 1학년도 '아이지킴이'는 깔지 않을 거다. 아무리 엄마를 걱정시키지 않기 위해서는 뭐든지 하려고 했지만 정말로 그건 아니었다.

"엄마! 그건!"

"연우야, 엄마 진짜 너 없으면 못 살아. 엄마 모르는 대서 너한테 무슨 일 생기기라도 하면 엄마는…!"

엄마의 눈에서는 커다란 눈물이 뚝뚝 떨어졌다. 나를 껴안고 우는 엄마의 머릿속에서는 내가 벌써 어느 골목에서 심장 붙잡고 쓰러지기라도 한 모양이었다. 엄마 제발 그만해요. 엄마가 그럴 때마다 나도 너무 무서워. 내 눈에도 눈물이 가득 차서 눈앞이 흐려졌다. 아니야 참아야 해. 웃으면서 엄마한테 아무 일 없을 거라고, 앞으로는 어디 가는지 더 꼬박꼬박 잘 말하겠다고 말해야 하는데. 입술이 파르르 떨렸다. 목에서 눈물맛이 났다. 있지도 않은 날개의 깃털이 썩둑. 소리를 내면서 잘려 나가는 기분이었다. 아침에 봤던 앵무새가 자유롭게 나는 모습이 자꾸만 떠올랐다.

엄마가 걱정하는 건 싫어. 나 때문에 우는 건 더 싫어. 엄마가 날 사랑해서, 나를 보호하려는 건 알아. 그렇지만.

나도 원해서 아픈 건 아니잖아.

걱정시키고 싶어서 아픈 건 아니잖아.

윙컷을 당하고 안전한 바닥에서 놀던 앵무새가 떠올랐다. 그렇게 멋진 앵무새라면 날다가 유리창에 부딪혀도, 무서운 새를 만나도 그래도 이겨낼 수 있지 않을까? 사실은 어쩌면, 어쩌면 그냥

"그냥 엄마가 겁쟁이인 거잖아요!"

지금 내가 말한 거야? 내 귀에 들리는 내 목소리가 믿기지 않았다. 하지만 입은 내 통제를 벗어나서 날뛰기 시작했다.

"맨날 맨날 한숨 쉬고! 한숨 좀 그만 쉬어!"

"제발 그만 좀 해! 그만 좀!"

자리에 주저앉아서 목놓아 엉엉 울기 시작했다. 엄마는 내 반응에 어쩔 줄 몰라 하며 그만 울라고, 심장이 빨리 뛴다고 흥분하면 안 된다고 달래기 시작했다. 나는 처음으로 엄마 말을 신경도 쓰지 않고 숨이 꺽꺽 넘어갈 때까지 속 시원하게 울었다.

나한테 네가 없었더라면

불제비

불제비   1997년에 태어났다고 들었다. 햄스터, 거북이, 개, 고양이, 물고기, 소라, 식물들까지
            키워봤는데 식물은 너무 못 키워서 다 죽었고, 고양이는 집에서 수액 맞추는 걸 돕다가
            손이 물려서 전치 2주가 나온 전적이 있다. 그것 때문에 등장인물을 만들 때 한 명을 고
            양이로 만들려다가 그건 너무 뻔해서 식물로 만들었더니 등장인물 중 한 명을 왜 나무
            로 만들었냐는 질문을 들었다.

            이메일: nanana970201@naver.com

얼마나 이렇게 있었을까? 하민이는 오랫동안 한 자세로 바닥에 서있느라 발목부터 무릎을 포함해, 다리와 허리까지 너무 아파서 훌쩍거렸다.

"서하민, 고개 들어. 엄마 눈 똑바로 봐봐."

서 하민! 엄마의 입에서 자기 이름이 나오자 하민은 목구멍이 꽉 조이고 토가 나올 것 같았다. 엄마를 보는 순간 목구멍이랑 가슴 사이에서 욱 욱하는 소리가 났다.

"서하민!"

그 소리에 어깨가 불쑥 올라갔다가 탁, 탁 내려가고 다시 올라갔다. 진짜로, 너무 토할 것 같았다. 엄마는 그게 마음에 안 드는지 최대한 누그러진 목소리로 말하려다가 다시 이에 힘을 주는 것을 반복하며 딱딱하게 말했다.

"하… 이제부터 어떻게 해야겠어?"

어떻게, 어떻게, 어떻게! 그 말은 아까부터, 그리고 아주 예전부터 엄마가 하민에게 꾸준히 꺼내던 말이다. 나중에는 학교 선생님이랑 다른 사람들도 지겹게 꺼낸 말이었다. 이 질문을 받을 때마다 심장이 벌렁거린다. 무슨 답을 해도 하민은 엄마를 화나게 만든다. 하지만 빨리 대답해야만 했다. 엄마는 대답을 안 해도 화를 냈고, 그때마다 하민은 말도 안 되는 폭언을 듣거나, 머리카락이 잡힌 채로 세차게 흔들리는 일, 몇 번을 엄마의 기분에 내킬 만큼 얻어맞는 등의 수모를 당했다.

"너 머저리야? 엄마가 말하라고 했잖아, 말 좀 해보라고!"

엄마가 이렇게 화를 내는 게 너무 무서워서 싫다.

"너는 항상 왜 그러는 건데!"

진짜 내가 뭐라고 했더라? 하나도 기억이 나지 않는다. 이제 뭐라고 해야 할까? 뭔가는 말해야 하는데… 하민이 그렇게 생각하고 있을 때 머리 근처로 뭔가가 빠르게 휙 지나가서 등 뒤의 벽에 부딪치며 요란한 소리를 내었다.

"……."

딱딱하게 굳었던 어깨가 탁하고 풀렸다. 다리가 햇볕 아래 둔 젤리처럼 흐물거릴 것 같다.

하민은 이럴 때마다 항상 주니를 꼭 껴안거나 잡고 있었다. 제가 가장 사랑했던 봉제 인형 친구의 기억으로 도망치고 싶었지만 무심결에 고개를 돌렸던 하민은 아빠가 "맨날 그딴 것만 들고 다닌다"며

주니를 망가뜨린 그날처럼 엄마의 손에 들린 것을 확인하고 머리가 새하얘졌다.

"…안…."

하민은 몸이 굳어 시선도 돌리지 못하는 상태로 엄마가 다가오는 것을 가만히 보다가 그녀가 비틀거리는 순간 겨우 뒷걸음을 쳤다. 목이랑 팔이 갑갑하다. 빨래가 안 되어 쿰쿰한 냄새가 나는 이 옷은 오늘따라 더 작게 느껴진다. 하민은 자신이 뭔가에 발이 걸려 넘어졌다는 것도 늦게 알아차렸다.

바닥에 부딪친 머리나 팔꿈치는 거의 안 아팠다. 그런데 코피가 난다. 몸에, 힘이 안 들어간다.

바닥을 짚고 일어서려 했던 손에 문고리가 잡혔다. 머리가 너무 어지럽다. 식은땀에 절은 몸이 찝찝하게 느껴진다. 하민은 일어나자마자 기지개를 켜거나 자기 전에 가볍게 뒤척이는 것처럼 아무 생각 없이 문고리를 움직였다.

기억하는 것은 거기까지였다.

정신을 차린 하민의 눈에 처음 들어온 것은 하늘을 덮을 만큼 무성하게 자란 나무들이었다. 멀리 서는 새소리가 들려왔고 주변에는 온통 풀 냄새랑 흙냄새가 가득했다. 머리는 여전히 어지러웠고, 몸도 피곤했다. 제 눈에 보이는 것은 나무와 풀, 땅, 그리고 제 손발뿐이다.

'집은 아닌데…. 여긴 어디지?'

일단은 무엇이 있는지 살펴볼 겸 몸을 일으켜 10분 동안 걷기만 했다. 그런데 이상하다. 정신을 차렸을 때 부터어딘가 허전한 느낌이 들었다. 중요한 뭔가를 두고 나온 기분이다. 하민은 머리가 아플 때까지 인상을 쓴 채로 생각을 해 봤지만 마땅한 답은 찾지 못했다. 그동안 시야에 보이는 것 역시 변하지 않았다.

"정말로 여기 어디쯤에 있는 거 맞아?"

그렇다니까?

얼마나 걸었을까. 그렇게 멀지 않은 곳에서 자기 또래의 목소리가 들리자 하민은 눈을 크게 깜박이며 고개를 두리번거리다가 소리가 나는 쪽으로 걸음을 빨리했다.

"그으래, 근데 얼마나 더 걸어야 그 애를 찾을 수 있는지는 알 수 없는 거야?"

… 여기 어디쯤이기는 해.

"그럼 모른다 거잖아.

숲이 넓으니까 그렇지. 아니면… .

"아니면?"

그 애가 지금 움직이고 있을지도 모르고. 그런 거라면 내가 바로 찾기는 어렵거든.

하민은 자신보다 깡마른 남자애가 나뭇가지를 뭉쳐놓은 것 같은 무언가에게 말하는 것을 보자, 가장 가까이 있던 나무 뒤로 잽싸게 몸을 숨겼다.

잠깐만, 저기.

그 이상한 것은 자기 가지로 집게랑 엄지 외의 모든 손가락을 접은 것처럼 모양을 바꾸어 깡마른 남자애의 팔뚝에 콕 갖다 대어 가볍게 문질렀다. 숨어서 그것을 지켜보는 동안 하민은 처음 보는 저것에게서 이상하게 낯이 익은 느낌을 받아 인상을 찌푸렸다.

"뭐?"

남자애는 자기를 가리킨 손가락이 뒤쪽으로 움직이자 눈을 깜박이다가 고개를 휙 돌렸다.

"저기에 뭐가 있다고. 아무것도 없는 것 같은데?"

미간을 찌푸리던 남자애는 실눈을 뜨고 나무 사이로 보이는 털 같은 것을 노려봤다. 그것은 자기 키와 비슷한 곳에 있었다. 언뜻 보면 나무 그림자 때문에 풀잎이나 나뭇잎처럼 보이던 것이 들여다볼수록 사람의 검은 머리카락으로 보였다.

"쟤야?!"

"으악?!"

놀라게 하지 마, 내가 찾아야 한다고 했던 애가 너랑 쟤라고!

새된 목소리에 하민의 어깨가 덜컥 올라갔다가 내려갔다. 어쩌지? 나가야 할까? 그런데 나가면? 머릿속에서 온갖 걱정들이 앞으로 일어날지도 모를 상황들이 짧은 영상들처럼 빠르게 나타나고 또 나타났다.

"오, 오지 마!"

기다려, 우린 널 위험하게 하려고 온 게 아니야.

그것은 도망가려다가 넘어진 하민에게 또 한 번 다가와, 무릎과

허리처럼 보이는 곳을 구부려서 눈이 있을 법한 곳에 박혀있는 까만 돌들을 눈높이로 맞추며 머리 쪽의 가지를 다른 가지로 비벼 노란 가루와 향을 날렸다.

왜 이렇게 겁을 먹지? 아니. 그전에… .

"아…."

순식간에 잠이 덜 깬 것처럼 정신이 멍해졌다. 넘어지면서 부딪친 곳을 또 부딪친 것 때문에 얼굴이 구겨졌다.

너 괜찮아?

"엄마가…!"

그것은 턱을 긁는 것처럼 가지 끝으로 나무가 동글게 모인 부분을 긁었다. 그것은 뭔가를 깨달은 듯이 양쪽에 있는 가지로 손뼉을 치는 것과 비슷한 동작을 했다.

내 말을 못 듣는 걸 보니까 너 아직 돌아갈 수 있는 애였구나?

그것은 하민의 앞에서 나무 향이 가득 나는 자기 가지를 사람의 손처럼 흔들었다. 안 그래도 두 사람 쪽으로 오고 있던 남자애가 더 빨리 다가와서 그 나무를 바라보다가 고개를 끄덕였다.

"이제 좀 괜찮아? … 나는 우진이고, 쟤 삼나무라고 부르면 된대. 넌 이름이 뭐야?"

"서 하민…."

하민은 두려움이 가시지 않은 눈으로 그것을 살피다가 우진을 힐끔거렸다. 목이 늘어난 러닝 사이로 멍자국이 보였기 때문이다. 저 애도 자기처럼 옷 안에 멍이 있었다. 그게 괜히 불편했다.

"그래. 근데 왜 우릴 훔쳐본 거야?"

툭툭.

우진이의 말이 또 뾰족해졌다. 삼나무라고 불린 것은 우진의 어깨를 가지 끝으로 건드렸다. 그것은 나무 위에서 툭 떨어지는 열매를 머리로 받으며 우진을 바라보았다.

"알았어, 알았다고. 어쩌다가… 우릴 보고 있었어?"

"훔쳐보려던 건 아니었어. 그냥, 일어나 보니까 여기였는데, 아무도 없으니까 그냥 걸어가다가 너희들이 보여서…."

"그럼 바로 말을 걸면 됐잖아?"

"…."

삼나무가 머리 같은 곳을 좌우로 흔들었다. 그리곤 하민과 우진의 손을 자신의 딱딱하고 거슬거슬한 가지로 한쪽씩 잡았다. 삼나무의 감촉을 확인한 하민의 표정이 잠깐 이상해졌다.

'왜, 딱딱하지?'

하민은 머리를 양 옆으로 저었다. 이렇게 생각하는 것이 더욱 이상했다. 나무는 원래 딱딱한 게 정상이다. 그건 사람 형태의 나무가 눈앞에서 움직이는 것보다 훨씬 당연한 것이다. 하민은 자신이 손의 형태를 한 가지가 부드럽고 푹신하지 않은 것을 왜 이상하게 생각했는지 몰라 어깨를 움츠렸다.

"아무튼 당장 갈 곳이 없으면 너도 나랑 삼나무가 가자고 하는 곳에 갈래?"

우진은 삼나무가 데려간다는 곳에 대해서 말해주었다. 그곳은 저처럼 배불리 먹고 자고 놀지 못하고, 사랑받지도 못한 아이들만 행복하게 해주는 곳이라는 것이다. 좁은 외길을 걸어가느라 우진과 삼나무 사이에 껴서 이야기를 듣던 하민은 믿을 마음이 하나도 안 드는 이야기에 말없이 입술을 찡그렸다.

"우리 아빠처럼 무섭게 하는 사람은 한 명도 없을 거래."

우리 아빠처럼. 그 말에 하민의 입이 다물어졌다. 한참을 말없이 걷기만 했더니 세 사람은 절벽 앞에 도착했다. 절벽 밑에는 작은 자갈밭과 바위로 된 징검다리가 놓인 시냇물이 있었다.

"먼저 간다?"

우진은 자기 키보다 훨씬 더 깊은 내리막길 앞에서 누가 뭐라고 하기 전에 성큼 뛰어내렸다. 하민은 절대 저렇게 하고 싶지 않았다.

탁.

"나, 난 못 해."

하민은 뒷걸음을 치려다가 삼나무에게 두 손이 꽉 잡혀버렸다. 삼나무는 하민이 세차게 버둥거리는 것도 신경 쓰지 않으며 자기 가지의 중간 부분이 늘어나는 것을 보여주었다. 그런데 하민은 두 눈을 질끈 감아버렸다.

"못 한다니까?!"

하민은 계속 고개를 붕붕 흔들며 못 한다고 소리를 질렀다. 그러거나 말거나 삼나무는 계속 고개를 끄덕였다.

"언제까지 그렇게 있을 거야?! 둘 다 빨리 내려와!"

"높잖아!"

"뭐 어쩌라고!"

2:1로 밀어붙이니 별수 없었다. 하민은 결국 아래에서는 우진이, 위에서는 삼나무가 저를 단단히 잡아준다는 약속을 서너 번 받아냈다. 삼나무에게 두 팔이 단단히 잡힌 채로 놀이터 미끄럼틀 경사면에 달린 밧줄을 움직였다가 우진의 팔이 닿는 지점에서 우진에게 엉덩이까지 받쳐져서야 겨우 내려올 수 있었다.

"겁쟁이."

"아니야."

"졸았잖아?"

"아니라고!"

…하민아….

돌다리를 건너고 있었는데 뒤쪽에서 어딘가 낯익은 목소리가 들렸다. 하민은 그 목소리의 주인이 누구인지 모르면서 눈가가 시큰거렸다.

터.

"악! … 어, 고마워?"

"너한테 발 밑 잘 보고 다니지 않으면 넘어진다고 전해주래."

우진이 전해준 말을 듣고 고개를 주억거린 하민은 삼나무를 지팡이처럼 양손으로 꼭 잡고 다리를 움직였다. 그 덕에 삼나무의 향이 강하게 코 속을 파고들었다. 어쨌든 하민은 징검다리를 무사히 건너갔다.

아까부터 뭔가 이상한 기분이 든다. 꼭, 뭔가… 중요한 것을 잊은 기분이다.

삼나무에게서 떨어진 하민은 계속 생각했지만 어떤 답도 내지 못했다.. 그 사이 숲 속은 점점 어두워지고 스산해졌다.. 하민은 자기에게 손을 갖다 대는 우진을 슬쩍 보다가 아무 말 없이 그 애의 손을 잡고 걸었다.

"저게 뭐야?!"

개울을 빠져나와 다시 걷기 시작했을 때부터 땅이 약하게 울리는 느낌을 받았다. 얼마 안 가 세 사람은 덤불 하나를 두고 끝도 없이 커다랗고 시커먼 무언가가 움직이는 것을 발견했다. 우진은 비명을 지르려다가 삼나무가 입을 막은 덕분에 눈을 끔벅거리며 덜덜 떨었다. 하민도 몸이 굳어서 아무 말도 못 했다. 그때 삼나무가 제 몸을 가지로 두들기며 엎드리라는 듯이 자기 몸을 구부리는 것을 보고 바닥에 바싹 엎드렸다.

쿵, 쿵. 후드득.

땅이 울리는 소리가 바로 근처까지 왔다. 무언가가 떨어지는 소리와 함께 빨갛고 까만 열매들이 바닥을 굴렀다. 고개를 들었는데 삼나무의 가지가 아까처럼 늘어난 채로 하민이랑 우진을 가리는 게 보였다. 삼나무는 거대한 것이 저 멀리로 가버리자마자 가지를 거두었다. 아까 떨어지지 못한 열매들이 그대로 모두에게 떨어지자 너무 익은 열매들이 툭 툭 터져버렸다. 특히 표면이 거친 삼나무는 우스운 꼴이 되었다..

"우와 냄새 좋다! 이거 맛있을 것 같아."

"나중에 찐득거릴 것 같아…"

"그럼 먹어버리면 되지."

우진은 혀를 날름거리다가 손가락을 입에 넣고 쪽쪽 빨아먹으면서 다시 걷기 시작했다. 저렇게까지 하고 싶지 않았던 하민은 마침 옆에 있던 물 웅덩이에 대충 손만 씻었다.

"이제 진짜 좀, 쉬면 안 돼?"

"나도 다리 아파…"

한참을 걸어 숲을 빠져나오자 사방에 풀이 가득한 언덕이 나왔다. 큰 구름과 파란 하늘 아래 따가운 햇볕이 살갗을 쪼았고, 풀 투성이 언덕에는 중간 중간 나무들이 보였는데 그것을 따라 시선을 이동하면 가장 먼 곳에, 바다가 눈 안으로 들어왔다. 삼나무는 두 사람이 적당히 쉴 곳을 찾기 위해 주변을 둘러보다가 무릎까지 올라오는 식물들을 헤치며 커다란 버즘나무 쪽으로 가서 땅을 툭툭 두드렸다. 두 사람은 나무 기둥에 몸을 기대거나 머리를 대고 자리를 잡았다.

툭툭. 툭툭, 툭.

삼나무에게서 아까 전에 얻게 된 나무 열매들을 받아먹은 아이들은 얼마 안 가 피곤함에 못 이겨 잠들어 버렸다. 삼나무는 바람이 두 사람의 땀이 난 몸을 말려주고 거대한 나무 그늘에 햇살의 기가 한풀 꺾일 때까지 기다려준 뒤에 마른 팔뚝이나 아직은 두껍지 못한 종아리를 아프지 않을 정도로만 자기 가지로 두드려 잠을 깨웠다. 이제부터는 다시 여행을 가는 것이다.

"그런데, 바다는 어떻게 건너갈 거야?"

해변에 가까워지면서 바람에 소금기와 비린내가 같이 실리기 시
작했던 때였다. 거의 반나절 동안 같이 걸어가면서 처음으로 하민
에게 질문을 받은 삼나무는 잠깐 하민을 빤히 바라보다가 자신의
가지를 모아 오목한 그릇 같은 모양을 보여주었다.

"베? 배를 타고 가는 거야?"

끄덕.

우진과 하민의 얼굴이 대번에 밝아졌다. 그 아이들은 삼나무를
앞세운 채로 서로에게 바다에 가본 적이 있냐거나, 배는 TV로만 봤
다느니 같은 말들을 나누며 숲을 건너갔다.

"우와아!"

"멋있다…"

다 같이 바다에 도착했을 때는 이미 해가 지고 있었다. 삼나무는
두 사람이 바다를 보다가 저희끼리 물장구를 치는 동안 네 개의 노
와 나무배를 끌고 돌아왔다.

"… 언제까지 저어야 해?"

이 근처만 넘기면 돼.

셋이 배를 타고 바다에 들어오자 육지에서는 거의 항상 불던 바
람이 거짓말처럼 잠잠해졌다. 배가 섬에서 나아가려면 적어도 두
사람이 항상 노를 저어야 하는 것이다. 삼나무를 도와서 노를 젓는
역할을 번갈아 가면서 하던 우진은 숲에 있을 때처럼 투덜거렸다.

하지만 팔이 아프고 피곤한 건 하민도 마찬가지였다.

"아직 열 번밖에 안 했잖아…"

"팔 아프단 말이야!"

우진이 계속 칭얼거리는 동안 하민은 맞지 않아서 불편하고 꾸질거리는 자기 옷의 목 부분을 박음질한 것이 툭 툭 소리가 나면서 뜯어지도록 잡아 늘였다. 일 년 전에 부모님이랑 함께 집에 돌아가는 중에 벼룩시장 앞을 지나가다가 엄마가 대충 대보고 사준 옷이었다.

-엄마, 잠깐만! 팔 아파!

그때 아빠는 일찌감치 집에 들어가서 자고 있었고, 엄마는 항상 그랬던 대로 신경이 굉장히 예민해져서 제 팔을 거칠게 잡고 끄는 바람에 하민은 엉엉 울어버렸다. 그리고…

그리고?

"야, 야! 이제 네 차례잖아! 빨리 바꿔"

"어… 미안해."

하민이 팔이 아파서 짜증이 난 우진과 자리를 바꾸기 위해 일어서자 배가 한 번 흔들렸다. 우진이 방금 하민이가 있던 자리로 똑같이 가자, 그 반동으로 배가 또다시 출렁 움직였다.

자리를 바꾼 덕에 삼나무의 얼굴이 하민의 눈 안에 꽉 차게 들어오자 소름이 돋았다. 저를 빤히 바라보는 삼나무에게 화들짝 놀라 시선을 다른 데로 두며 노 젓기에 집중하는 척 몸을 움직였다. 입안이 바싹바싹 말라가는 기분이다.

이제부터 조심하라고 말해줘.

삼나무가 우진을 통해서 온갖 이상한 것들이 쓰레기 섬처럼 뭉쳐 있는 곳에 도착할 것이라고 알려주는 동안 하민은 그 말을 한 귀로 흘리며 생각에 잠겼다. 뭔가 잊고 있는 기분이다.

'있었는데, 그러니까…'

하민은 아까부터 느낀 기시감이 방금 갑자기 떠오른 그날과 연관이 있을 것 같다고 느꼈다.

철퍽!

삼나무가 노에 붙은 무언가를 강하게 쳐서 떨궈버렸다. 하민은 소리가 나는 쪽으로 고개를 돌렸다. 해가 거의 떨어져서 바다로 돌려보내진 것이 자신보다 작다는 것만 겨우 보였다.

"켁!"

뭔가가 물 위로 올라오고 있었다. 그게 뭔지 확인하려고 했던 하민은 갑자기 옷이 당겨지느라 목이 졸려서 버둥거렸다.

"뭐, 뭐 하는 짓이야?!"

"너야말로 뭐 하는 거야! 큰일 날 뻔했잖아!"

우진은 아직 무슨 상황인지 모르는 하민에게 화를 내면서 삼나무처럼 노를 휘두르고 있었다. 그제야 하민의 눈에 배로 기어오르는 무언가가 보이기 시작했다.

"악!"

"봤지? 너도 빨리 해!"

하민은 얼떨결에 노를 잡고 배로 모여드는 이상한 것들을 후들거리는 손으로 밀치거나 쳐버렸다. 그때마다 무언가를 치는 감각이 노를 타고 올라와 제 손까지 전해졌다. 어떤 것은 물에 젖은 수건을 치는 느낌이었고, 어떤 것은 플라스틱으로 된 상자를 치는 것처럼 딱딱했다. 또 어떤 것은….

"아까부터 진짜 왜 그래?! … 그거 다시 주워! 얼른!"

노를 내리치려고 했던 하민은 배의 바로 밑에서부터 다가오는 것이 제가 예전에 잃어버린 인형임을 알아보았다. 어째서 지금까지 잊고 있었을까? 그 인형은, 주니는 엄마가 성을 내며 버렸졌던 그대로 심하게 찢어지거나 구멍이 난 모습 그대로였다. 예전에 인형에게 걸어준 야광 별 목걸이가 보였다. 노를 잡고 있던 하민의 손에서 순식간에 힘이 빠져버렸다.

"야 서하민!"

바다에서 떠오른 것들 때문에 배가 한 번 출렁거렸다. 하민은 균형을 잡지 못하고 그대로 바다에 빠졌다. 눈물만큼 짠 바닷물이 끊임없이 코와 입으로 들어오고, 몸이 말을 듣지 않았다. 수면에서 무언가가 이쪽으로 오는 게 보였다. 하민은 물속에서 버둥거리다가 공기방울만 뱉어내며 기절했다.

소독약과 다른 약품 냄새가 코를 찔렀다. 하민은 이 냄새를 싫어했다. 이 냄새를 맡으면 엄마가 울면서 자신을 잡던 일이나 어른들한테 불편한 이야기를 억지로 해야 됐던 기억이 떠오른다. 느리게 깜박거리던 눈을 팍 찌푸렸다. 이런 것들은 다시 떠올리기 싫었다. 그래서 눈을 감았다. 누군가 우는 소리가 들렸다. 독한 잠기운이 몰려와 눈이 감겼다. 하민은 그것이 누구일까 생각해 봤지만 알 수 없었다. 그래도 낯설지가 않다.

'내가 더 슬퍼질 것 같아…'

머리랑 팔이 너무 아파서 끙끙거리던 것도 잠시, 하민은 기절하듯 잠들었다.

파도가 해변으로 몸을 밀고 들어왔다가 혼자 부딪히고 부서져 떠나는 소리가 들렸다. 온몸에 힘이 안 들어가고 손과 발이 모두 무거웠다. 눈이 게슴츠레하게 떠졌다. 하민은 아무 생각 없이 안개가 잔뜩 낀 하늘을 한참 동안 바라보았다.

드디어 일어났구나.

처음 듣는 소리 때문에 머리가 울리는 기분이었다. 하민은 놀라서 눈을 깜박거리다가 저를 바라보는 삼나무를 뒤늦게 발견하였다. 무슨 말을 해야 할지 모르겠다.

"쟤 일어났어?"

응.

"다행이다! 거의 다 도착했잖아."

맞아. 이젠 내 말 들리지? 어서 일어나.

하민의 눈이 동글게 변했다. 자신이 말하지 않았는데 어떻게 안 것일까?

여기까지 오면 처음에는 내 말을 못 듣던 사람들도 잘 들린다고 하거든.

"그럼 이제 괜찮아?"

하민은 저를 걱정하는 우진을 바라보았다. 우진은 아무것도 이상하게 생각하지 않는 표정이었다. 뒷덜미가 서늘해졌다. 주변을 둘러보았지만 온통 안개뿐이라 우리가 타고 온 배가 근처에 있는 것 말고는 아무것도 알아볼 수 없었다.

일어나. 거의 다 왔어.

"맞아, 네가 일어나는 것만 기다렸어."

"응…"

그럼 가자.

정확히 콕 집어서 말할 수 없는 찝찝한 기분을 안고서 몸을 일으켰다. 하민은 두 사람을 따라 나란히 걸어가는 동안 주변을 자꾸 두리번거렸다. 주변을 살피는 것도 있지만 주니가 쫓아오진 않을까 하는 이유에서 그런 것이다.

"여긴 항상 이래?"

그래. 언제나 모호해.

"우리가 가는 곳도…?"

얘가 대신 말해줬잖아. 너희 같은 애들을 평생 행복하게 해주는 곳이라고.

삼나무에게 따지려고 했던 하민은 언짢은 심기를 대놓고 드러내는 듯 자기 가지 끝으로 줄기를 툭툭 두드리는 삼나무의 행동에 기가 죽어 입을 다물었다. 확실하게 말하긴 어렵지만 정말로 불편한 기분이 들었다.

애초에 뭘 원했는데? 너도 뭔가 하고 싶거나 원하는 게 있으니까 그때 따라온 거 아니야?

뭘 원하였느냐는 말을 듣는 순간 엄마를 피해서 걸었을 때가 떠올라 버렸다. 하민은 얼굴을 구긴 채로 입을 우물거리던 것도 그만두고 몇 분 동안 아무 말도 없이 안갯속을 걷다가 따지듯 말했다.

"그럼 그건 뭔데?"

뭐가?

"바다에 있던 거."

"맞아 그거 진짜 뭐야? 아까 내가 물어볼 때 더 얘가 일어나면 말해주겠다고 했잖아!"

둘의 대화를 듣고 있던 우진까지 가세하자 삼나무는 어쩔 수 없이 다시 입을 열었다.

쓸모없고 필요 없는 것들. 아니면 그렇게 생각해서 버려진 것이거나. 그렇게 된 것들은 반드시 바다를 한 번 거쳐야 하거든.

그 말에 하민의 정신이 번쩍 들었다.

"그러면… 우린 뭘 친 거야…"

"……."

하만의 말에 우진의 표정이 더 안 좋아졌다. 자신이 바다에 빠지고 기절한 사이에 배를 움직인 것은 저 둘이었다. 지금은 안개가 끼었지만 해가 떴다는 것쯤은 하민도 알 수 있다. 자신이 정신을 잃은 동안 어떤 일들이 벌어졌던 것일까?

"넌 봤지?"

우진의 표정이 더 안 좋아졌다. 하민은 두 사람 앞에서 처음으로 한 발자국도 물러서지 않을 기세로 계속 추궁했다.

그게 뭐가 그렇게 중요한 건데? 어차피 우릴 막으려고 한 것들이 잖아. 왜 그렇게 신경을 쓰는 거야?

"거기에 주니가 있었어! 내 인형…. 항상 같이 있었는데…"

하민이 말을 하면서 흐느끼는 동안 삼나무는 고의적으로 답을 하지 않았다.

지나간 일이잖아. 너네는 신경 끄고 저기까지 가기만 하면 돼.

삼나무가 안갯속에서 어슴푸레한 무언가를 가리켰다. 하민과 우진은 그것이 문이라는 것을 깨달았다. 삼나무의 가지가 문의 열쇠 구멍에 들어가며 문이 활짝 열렸다. 안쪽은 무엇도 들리지 않고 아무것도 보이지 않았다. 우진은 망설이다가 단숨에 문 너머로 들어 갔다. 하민은 문을 잡고 서 있는 삼나무를 바라보다가 두 손으로 주먹을 꽉 쥐고 말했다.

"난 안 가."

뭐?

"안 들어갈 거라고!"

인제 와서?

"아직 주니가 저기 있을지도 모른다는 거잖아? 난 찾으러 가야 해."

너 혼자서? 어제 거기 봤잖아. 가서 뭘 어쩔 건데? 원래 있던 곳으로 다시 돌아가기라도 할 거야?

돌아간다는 말이 나오자 하민의 머릿속에서 항상 음식물이 썩은 냄새나 쓰레기 냄새가 났던 집과 엄마 아빠의 얼굴이 그려지며 배가 따끔거렸다. 예전에 보호시설에서 집으로 돌려보내졌을 때가 떠올라 입술이 파들거렸다.

"그래도 갈 거야. 나, 난 너 이제 못 믿겠어. 그냥 갈 거라고!"

하민과 삼나무는 잠시동안 말없이 서로를 노려봤다. 얼마 안 가, 삼나무는 딱 한 마디만 하고 그대로 문 너머로 사라졌다.

후회할 거야.

하민은 일부러 뒤도 안 돌아보고 왔던 길을 되돌아왔다. 그래야만 앞으로 어떻게 해야 하는지, 무슨 일이 벌어질지 따위의 고민을 덜 할 것 같기 때문이다.

하민아.

그리고, 주니가 배 위에서 바닷물이랑 솜을 뚝뚝 흘리며 저를 보고 있었다. 멍하니 서서 주니의 눈을 바라보던 하민은 그대로 눈물을 글썽이며 그 축축한 몸을 힘껏 껴안았다.

"주니야!"

보고 싶었어!

주니 역시 울먹이는 소리를 낸 덕에 하민은 포옹을 풀고 배를 바다에 띄워 둘이서 같이 노를 저을 때까지 계속 울었다. 말없이 노를 젓던 주니는 하민의 울음이 갈수록 심해지자 노를 젓는 걸 그만두고 자기가 항상 하민이에게 받았던 것처럼 꽉 껴안아 주었다.

시간이 얼마 없어 하민아. 그러니까 이것만 말할게. 나는 너를 정말로 사랑해… . 나를 네 친구로 만들어줘서 고마워.

주니의 목소리가 영영 작별 인사를 할 것처럼 굉장히 슬프게 들렸다. 하민은 주니를 힘껏 껴안으며 엉엉 울었다.

그러니까 네가 행복했으면 좋겠어. 아주 많이. 잊지 말아 줘. 그럴 수 있지?

하민이 병원에서 깨어난 지 3일이나 지났다. 병원 복도의 TV에서는 보호자의 폭행으로 사망한 채 방치된 우진의 모자이크를 거친 사진과 뉴스가 나오고 있었다. 우진이 죽은 날은 하민이 병원에서 정신을 차린 그날이었다. 하민은 어제 간호사에게 부탁해서 받은 수첩에 주니와 우진, 삼나무와 있던 일들을 볼펜으로 삐뚤빼뚤하게 그리면서 뉴스를 들었다.

[부검 결과 부모의 폭행으로 숨진 10살 남아는 심각한 영양실조에 빠졌다는 소견도 밝혔습니다.]

영양실조. 아나운서의 입에서 나온 말은, 빼빼 마른 몸으로 항상 자기보다 빠르게 움직였던 우진이를, 앞이 전혀 보이지 않는 문 너머로 사라졌던 그 애를 떠올리게 했다. 분명 얼마 안 된 일인데 그때의 일이 꿈을 꾼 것처럼 흐릿하게 기억난다. 하민의 그림이 애매하게 그려진 것도 이것 때문이다.

'주니를 못 봤다면 나도 우진이처럼 넘어갔을까?'

갑자기 생긴 질문으로 머릿속이 꽉 차버렸다. 손까지 멈춘 채 곰곰이 생각해 봤지만 답이 나오지 않았다. 뉴스가 끝날 때까지 한참 동안 생각 중이던 하민의 병실 문이 열리며 어떤 사람이 하민에게 가볍게 손을 흔들었다. 하민의 부모가 예전에도 비슷한 일로 신고를 당했을 때 만났던 사회복지사다.

"안녕 하민아, 오늘은 좀 어떠니?"

"괜찮았어요."

우진이를 생각하는 동안 침울한 표정을 짓고 있던 하민은 저에게 인사를 건네며 걱정스럽게 바라보는 사람에게 고개를 끄덕였다. 그동안 경찰이며 사회복지사며 의사랑 간호사 등등 많은 사람이 하민을 찾아왔다. 사회복지사랑 같이 온 경찰은 이웃집 사람이 한밤중에 들리는 소리 때문에 신고했다고 알려주었다. 그것 때문에 경찰이 집에 도착했고, 하민이 머리를 찧은 채로 기절해 있었다는 것과 이 일로 부모님이 조사받고 있다는 것도 알았다.

"그래. 하민아, 다시 한번 물어볼게. 하민이 엄마랑 아빠가 하민이에게 어떻게 했니?"

그전에 같은 질문을 받았을 때는 아빠가 다른 이야기라도 했다간 가만두지 않겠다"는 말을 미리 해둬서 "아무 일도 없었어요." 외엔 말을 하지 못했다.

"엄마랑 아빠는…."

갑자기 자신에게 잘해줄 때가 있던 부모님의 모습이 떠올랐다. 엄마는 기분이 내킬 땐 맛있는 걸 해주기도 했고 자기가 그동안 해온 일들에 대해서 울면서 사과하기도 했다. 아빠는 장난감을 사준 적도 있었고. 그런 때도 있었는데 정말로 털어놔야 할까? 여기서 말을 하면 두 분은 어떻게 되는 거지?

-네가 행복했으면 좋겠어. 아주 많이.

그 순간 주니가 떠올랐다. 하민은 가슴이 시큰거려서 이불을 꼭 잡았다. 주니는 더 이상 없다. 다시 만날 수 없다. 그 사실에 가슴이 무너질 것처럼 아파서 토할 것처럼 울었다. 이것만큼은 잊지 않기로 했으니까 기억하고 싶었다.

"엄마랑 아빠가 있을 땐 항상 숨이 막혀요, 내가 뭘 하던 그냥 놀고 있었다고 화를 내고, 무조건 내가 잘못했대요. 그러다가…."

그렇게 하고 나서야 하민은 주노가 바라던 자신의 행복을 위해 엄마랑 아빠가 해왔던 끔찍하고 무서웠던 일들을 처음부터 끝까지, 자기가 기억하는 대로 전부 털어놓을 수 있었다.

안녕, 리카!

채온

채온   어린시절부터 동화책은 저의 소중한 친구였습니다.

동화를 읽고 난 뒤면 제 머릿속은 폭죽 터지듯이 많은 이야기들이 펑펑! 하고 생겨났죠.

길을 걷다가도, 그저 꽃 한송이를 발견해도 이야기를 만들며 상상하기를 좋아했던 제가

성인이 되고 아이들이 즐겁게 읽을 수 있는 동화가 얼마나 큰 힘을 가지고 있는지 알게

되었습니다.

순수함은 아이, 어른 할거 없이 큰 감동을 주기도 하니까요. 이제는 제가 어른이 되어

아이들에게 멋진 상상을 들려주고 싶어요.

인스타그램: @chae_bal

점심시간이었다.

"큭큭!"

어디선가 새어나오는 웃음을 막느라 애쓰는 듯한 소리가 들려왔다. 나는 들려오는 소리를 외면하려 고개를 푹 숙이고 앞으로 걸어갔다.

"걸어가는 거.. 꼭 펭귄같아 푸하하하!"

고개를 살짝 돌려 보니 우리 반 아이들이 뒤뚱거리며 걸어가는 내 모습을 보고 웃고 있었다. 가슴이 두근거리고 얼굴이 뜨거워졌다. 분명 내 얼굴은 식판 위의 당근처럼 새빨개졌겠지.

다리 길이가 다른 건 늘 불편한데 이런 날은 나를 더 힘들게한다.

엄마는 나아질 수 있을 거라고 했는데 이제는 나도 모르겠다. 키도 친구들보다 작은데다, 팔, 다리도 젓가락처럼 말랐다. 이대로 제대로 된 어른이 되지 못하면 어떡하지? 벌써 초등학교 5학년인데...

눈물이 나오려는 걸 꾹 참고 힘겹게 자리에 앉아서 점심을 먹었다.

점심시간이 끝나고 학교의 복도가 고요해 졌을 때 쯤 나는 교실에 들어가지 않기로 결심했다.

오늘은 도무지 교실에 들어가고 싶지 않았다. 이런 날이 한두번도 아닌데 유독 나를 보며 웃었던 그 아이들도, 불쌍하다는 듯 쳐다보는 반장도, 선생님의 걱정어린 동정도 다 싫었다.

나는 가방도 챙기지 않고 절뚝이는 다리로 급히 학교를 빠져나왔다.

들킬까 심장이 터질 듯이 뛰고 조마조마했지만 교문을 나서자 마자 불어오는 시원한 봄 바람을 맞으니 오늘 있었던 일들이 바람과 함께 날아가는 기분이 들었다.

그런데 이제 어디로 가지..?

집에 가면 나를 돌봐주러 온 삼촌이 왜 이 시간에 집에 왔는지 따져 물을 것이고, 엄마에게 전화를 걸어 일러바칠게 분명하다. 나는 한참을 고민하다 하는 수 없이 조금 무섭긴 하지만 '강남 문방구'에 들려 메달따기 게임을 하다가 5교시가 끝나는 종소리와 함께 하교하는 아이들에 섞여서 집에 가는 방법을 생각해 냈다.

사실 '강남 문방구'는 학교 아이들 사이에서 괴상한 소문이 많은 곳이다.

유독 강남 문방구는 낡은데다 어두웠고 문방구 아주머니는 못된 마귀할멈이라는 별명을 가지고 있었으니까..

하지만 그건 4학년때까지의 괴담이다. 나는 5학년이고 이젠 그 괴담을 믿지 않는다.

다닥다닥 붙어있는 문방구들을 지나 저 멀리 강남문방구가 보이기 시작했다.

삐뚤빼뚤 대충 붙여놓은 듯한 간판 글씨에는 거미줄이 잔뜩 쳐져있었고, 먼지 쌓인 '게임기'에는 작은 불빛이 빠르게 깜빡이고 있었다.

작동은 되는 걸까..? 메달을 넣어야 시작 되는 게임기라 손에 쥔 이백원을 메달로 바꾸기 위해 삐걱이는 문을 열고 문방구에 들어섰다.

"깜짝이야!"

눈 앞에 곰처럼 커다란 무언가가 위 아래로 들썩이며 숨을 쉬고 있었다. 침을 꼴깍 한번 삼키고 가까이 다가가 보았다.

"드르렁.. 드르렁.."

자세히 보니 쇼파 위에서 자고 있는 문방구 아주머니였다. 거대한 몸집에 곱슬머리, 불그스름한 얼굴 위로 축 늘어진 코와 그 위에 난 사마귀가 꼭 동화에서 봤던 마녀와 비슷한 모습이었다. 에이 설마! 마녀가 세상에 어디 있다고 하하하! 나는 팔에 난 닭살을 애써 쓰다듬으며 고개를 저었다. 하지만 자고 있는 문방구 아주머니를 깨우고 싶지는 않았다.

"캬하악!"

깜짝 놀랐다. 슬쩍 문방구를 나와 게임기 의자에 걸터 앉으려는 찰나에 괴상한 소리가 들려왔다. 고양이가 싸우고 있는 걸까? 소리가 나는 쪽으로 가보니 문방구 구석에서 고양이가 무언가를 공격

하고 있었다. 나는 팔을 휘두르며 고양이에게 "저리가!!" 하고 외쳤
다. 고양이는 겁을 먹고 금새 도망을 쳤다. 고양이가 있던 곳으로
가까이 다가가 보니 벽 아래에 작은 구멍이 하나 보였다.

"흐으윽..."

그때, 희미하게 우는 소리가 들려왔다. 깜짝놀라 주변을 살펴보
았지만 아무도 보이지 않았다. 아무래도 구멍 속에서 소리가 들리
는 것 같았다. 나는 겁이 났지만 슬픈 울음소리가 걱정이 되어 구멍
속을 들여다 보았다.

"저게 뭐지...?"

덥수룩한 머리, 지저분한 얼굴.. 정말 신기한 건 몸집이 손바닥만하고, 등에는 작은 날개가 붙어있다는 것이다. 하지만 분명 어린 아이의 모습을 하고 있었고, 아이는 구멍 속에서 웅크린채로 울고 있었다. 두 눈을 크게 떠보고 비벼도 봤지만 내가 잘못 보고 있는게 아니었다. 요정 인걸까..? 그 때 5교시를 마치는 종소리가 들려왔다. 나는 구멍 속의 아이를 뒤로하고 도망치듯 빠져나왔다.

어느덧 학교 앞은 하교 하는 아이들의 웃음 소리로 시끌벅적하다.
"은찬아!"
저 멀리서 삼촌이 나를 향해 뛰어오고 있었다. 삼촌은 내가 사라졌다는 선생님의 전화를 받고 나를 찾으러 나선 듯 했다. 삼촌에게는 미안하지만 지금 내 머릿속은 그 작고 연약해 보였던 아이의 생각으로 가득했다. 아직까지 울음소리가 귓가에 맴돌았다. 무슨 일이 있었던 걸까? 나는 아이가 왜 그곳에서 울고 있었는지 궁금해졌다.

창문으로 새어나오는 눈부신 햇살에 찡그리며 눈을 떴다. 어제 엄마에게 학교에 가는게 힘들다고 했더니 오늘 하루 더 집에서 쉬라고 했다. 침대에 누워 천장을 바라보니 어제 그 작은 아이의 모습이 아른거렸다. '지금도 울고 있을까?' 엄마가 일하러 나간 뒤 나는 식탁에 올려져 있는 주먹 밥 하나를 들고 다시 한번 강남 문방구에 가 보았다.

어둠으로 뒤덮혀있는 구멍 속에 아이를 마주했다.

"안녕?"

구멍에 얼굴을 가져다 대고 인사를 건네자 어둠 속에서 그 아이가 고개를 내밀었다. 언뜻 보아도 손가락 마디 마디가 다 보일 정도로 마른 몸 위에 보라색 멍도 조금 보였다.

"왜 그곳에 있는거야?"

-"..."

"이름은 뭐니?"

-"..."

아이는 아무 대답 없이 가만히 내 눈을 바라보고 있었다. 신비롭게 일렁이고 있는 새파란 눈망울에 금방이라도 떨어질 것 같은 눈물방울이 맺혀있었다.

"이름이 없는거야?"

그 순간, 아이가 힘 없이 고개를 끄덕이며 반응했다. 이름이 없다는 것은 어떤 기분일까? 마음이 아팠다. 나는 손에 들고 있던 주먹밥을 조금 떼어 아이 앞에 가져다 놓았다. 아이는 주먹밥을 살피더니 손에 들고 허겁지겁 먹기 시작했다. 오랫동안 음식을 먹지 못한 것 같았다.

"그럼 내가 '리카' 라고 불러도 돼? 내 이름은 은찬이야, 김은찬."

-"좋..아.. 은찬.."

아이가 살며시 미소를 지었다. 리카는 예전에 돌보았던 참새 이름이었다. 날개를 다쳐서 날지 못하던 참새에게 이름을 지어주고 삼촌과 병원에도 데려가 주었다. 참새 리카가 다 낫고 하늘로 날아오르는 모습을 보며 무척 기뻤었는데 이 작은 아이도 리카처럼 자유로워졌으면 좋겠다고 생각했다. 말할 기운도 없어 보이는 리카를 당장 꺼내줘야 할 것 같은 마음에 나는 구멍 사이로 손가락을 내밀며 말했다.

"내 손가락을 잡아, 거기서 꺼내줄게."

-"... 난 나갈 수 없어. 엄마가 여기에 있으니까... 내가 없어진 걸 알면 화를 내실거야."

"하지만.. 무척 힘들어보이는걸.."

내민 손을 외면한 리카는 더 깊은 어둠 속으로 사라졌다. 엄마가 있다니.. 혹시 문방구 아주머니일까? 우리 엄마는 맛있는 밥도 해주고 멋진 옷도 사주는데다 다리도 주물러 주시는데 어째서 리카는 그런 모습을 하고 있었을까? 나는 속상한 마음이 들었지만 스스로 나오지 않는 리카를 보며 망설임을 뒤로 한 채 집으로 돌아왔다.

"우리 아들 배고프지? 오늘 저녁에는 은찬이 좋아하는 스팸 먹자."

집에 돌아온 엄마가 내게 말했다. 식탁 위에 올려진 스팸을 보니 또다시 뼈가 드러나 앙상한 리카의 모습이 생각이 났다.

'아무도 리카를 위해 요리해 주지 않는 것 같았어. 지금도 제대로 먹지 못하고 있을 텐데..' 나는 아무래도 안되겠다는 생각에 분주히 저녁 준비를 하고 있는 엄마에게 말했다.

"엄마! 오늘 문방구에 갔는데 손바닥만큼 작은 아이가 구멍 속에서 울고 있었어. 몸도 마르고 멍도 있었던 거 같아."

"머, 우리 은찬이 혹시 꿈 꿨던 거 이야기 하는거니? 그나저나 숟가락 좀 꺼내 놓으렴."

엄마는 내 말을 믿지 못하는 눈치였다. 믿지 않는게 당연했다. 그때 대화를 엿듣던 삼촌이 말했다.

"그 아이는 도움이 필요하겠는걸."

삼촌의 말을 듣고 아차 싶었다. 그래 맞아 리카는 도움이 필요한 상황이야 그러니까 도와주어야 해. 창밖엔 비가 주룩주룩 내리고 있었다. 내리는 비를 보며 왠지 모를 불안함이 느껴졌다. 저녁을 먹고 나는 황급히 다시 리카를 찾으러 강남 문방구로 향했다.

"안돼…!"

가슴이 쿵 하고 내려앉았다. 문방구에 도착했지만 무슨 일인지 리카를 볼 수 있던 구멍이 판자로 막혀있었기 때문이다.

"얘야 거기서 뭐하니?"

검은 그림자가 드리우는게 느껴져 고개를 드니 문방구 아주머니가 팔짱을 낀채로 나를 내려다 보고 있었다.

"뭘 찾는 거야! 응?"

"아니에요..! 아야!"

코 앞까지 다가온 얼굴에 나는 깜짝 놀라 뒷걸음을 치다 넘어졌다.

"여기서 얼쩡거리지 말고 늦었으니 얼른 집으로 돌아가!"

아주머니는 심술궂은 표정을 한 채 소리쳤다. 나는 넘어져서 부딪혀 아픈 것은 생각도 못 한 채 문방구를 뛰쳐나왔다 집으로 돌아가며 더 이상 리카를 볼 수 없겠다는 생각에 마음이 욱신거렸다. 이제 어쩌지? 리카를 구할 수 있는 방법이 없을까?

"은찬아, 무슨 일 있는 거야?"

삼촌이 집으로 돌아온 내 표정을 살피며 말했다. 답답한 마음에 눈물이 왈칵 차올랐다. "삼촌.. 리카가.. 많이 힘들어하는데 도와주고 싶어요.. 하지만 저는 다리도 불편하고, 빨리 달리지도 못해요. 할 수 있는 게 없어요..."

삼촌이 눈물을 닦아주며 말했다.

"삼촌에게 이야기해 줄 수 있겠니?"

나는 삼촌에게 리카를 발견했던 날의 일과 오늘 있었던 일을 이야기했다. 삼촌은 한동안 깊은 고민에 빠지더니 결심한 듯 말했다.

"삼촌도 어릴 때 숲에 놀러 갔다가 손바닥만 한 요정을 본 적이 있었어. 무척 신비롭고 아름다웠지 하지만 아무도 믿어주지 않아서 그냥 그렇게 헛것을 본 거라고 생각한 채 어른이 되었어. 그런데 아마 그 요정일 수도 있겠다는 생각이 드는구나."

고요히 내리던 비는 어느덧 세차게 내리기 시작했고 천둥번개도 요란했다. 나와 삼촌은 함께 강남 문방구로 향했다.

"삼촌이 아주머니의 시선을 끌테니 은찬이가 문방구에 몰래 들어가서 리카를 찾아보는게 좋을 것 같다. 삼촌은 몸집이 커서 금방 들키게 될 테니까 말이야."

"제가 할 수 있을까요?"

"그럼, 너밖에 할 수 없는 일이야."

삼촌이 아주머니를 부르며 강남문방구에 들어섰다.

"어서오세요~!호호"

아주머니는 삼촌을 보며 나에게 지었던 표정과는 다른 모습으로 삼촌에게 인사했다. 삼촌이 아주머니와 이야기 나누는 동안 나는 몰래 문방구 안으로 들어갔다. 살금살금 리카가 있었던 구멍 쪽으로 이동하니 아주 구석진 곳에 아주머니의 몸집처럼 거대한 초상화가 하나 걸려있었다. 초상화 속 아주머니의 눈이 나를 응시하고 있는 것 같은 기분에 소름이 끼쳤다. 왜 이런 곳에 본인 초상화를 걸어 둔 거지? 문방구에 초상화라니.. 나는 액자를 살짝 밀어보았다. 그곳에서 나는 지하로 내려가는 계단을 발견했다.

"여기 있는 게 틀림없어."

평소 계단을 오르고 내리는 건 나에게 어려운 일이었지만 나는 조심스럽게 한발 한발 계단을 내려갔다. 다리가 후들거리고, 아파졌지만 포기할 수 없었다. 그때 어디선가 작은 소리가 들려왔다.

"흐윽.."

분명 리카의 울음소리였다. 나는 그 소리를 향해 걸어갔다. 복도가 보이기 시작하며 오른쪽에 커다란 문이 하나 보였다. 손잡이가 내 머리 위에 있을 정도로 커다란 문이었다. 나는 온 힘을 다해 손잡이를 돌렸다.

'철컥'

문이 열리고 나는 깜짝 놀랄 수밖에 없었다. 어두운 데다 퀴퀴하고 기분 나쁜 냄새가 가득한 이곳엔 하얀 쥐들이 가득했고 죽은 도마뱀과, 개구리, 무언갈 만들기 위한 실험을 한 건지 항아리와 크고 작은 시험관들이 여기저기 널려있었다. 그리고 벽에는 알 수 없는 설명서들이 사방에 붙어있었다.

"숲 요정 사용법...?"

숲 요정의 머리카락에는 놀라운 힘이 있는데 머리카락을 잘라 재료로 사용하면 세상에서 볼 수 없던 신비롭고 놀라운 보석을 만들 수 있다는 내용이었다.

'그래서 리카의 모습이.. 리카를 얼른 찾아야겠어'

나는 작은 소리로 리카의 이름을 불렀다.

"리카야..!"

그때 물방울 하나가 내 볼에 떨어졌다. 위를 쳐다보니 리카가 새장 안에서 울고 있었다. 하지만 새장은 리카보다 훨씬 커다랗고 넓어서 리카가 충분히 빠져나올 수 있는 크기였다.

"리카야 내려와 내 손을 잡아! 너를 데리러 왔어!"

리카가 울음을 멈추고 나를 내려다보았다. 길었던 리카의 머리카락이 귀까지 짧아져 있었고, 신비롭게 일렁이던 파란 눈동자는 빛을 잃어 탁해졌다.

"리카야, 불행한 이곳은 너의 집이 아니야 네가 있어야 할 곳에 데려다줄게!"

-"..."

"아주머니는 너의 엄마가 아니야, 너를 이용해 보석을 만들려고 하는 마녀야! 여기 있는 건 너무 위험해!"

나는 리카에게 진실을 알려주었다.

"내가 잡아 줄 테니까 내려올 수 있겠어?"

리카는 잠시 주춤거리며 생각하는듯 하더니 작은 날개를 펴서 나를 향해 비틀거리며 내려왔다.

나는 리카를 안고 이곳을 빠져나가기 위해 조심 조심 걸어 나왔다. 그때였다.

쿵! 쿵!

계단을 내려오는 소리가 요란하게 들리기 시작했다.

"물건 살 것도 아니면서 헛 소리 나 하고 말이야!"

아주머니가 성난 목소리로 이곳을 향해 걸어오고 있었다. 나는 항아리 뒤의 책 더미 사이로 얼른 몸을 숨겼다. 심장이 어찌나 뛰는지 내 몸은 마치 핸드폰 진동소리처럼 덜덜 떨렸다.

"응? 뭐야! 어디로 갔지?"

아주머니가 새장을 발견하고는 주변을 살피기 시작했다.

"이 작은 쥐새끼가 어디로 갔담!!"

두리번 거리며 빨개진 눈을 커다랗게 뜨고서는 여기저기를 들춰 보고, 살펴보더니 이내 나와 리카가 있는 곳을 향해 걸어오고 있었다. 나는 무서워서 두 눈을 꼭 감고 어찌 할 줄 모르고 있었다. 그때 리카가 내 품에서 빠져나오더니 아주머니가 있는 곳으로 천천히 걸어갔다.

"리카야...!"

나는 깜짝놀라 리카를 불렀다.

"엄마가 가만히 있으라고 했지! 혼나고 싶은거야?"

아주머니가 리카에게 정신이 팔린 덕에 나를 발견하지는 못했지만 결국 리카는 붙잡혀 다시 새장에 갇히고 말았다. 아주머니는 리카를 가두고 "흥!" 하며 리카의 머리카락이 다 날릴 정도로 콧바람을 세게 한번 불고는 돌아서서 설명서를 훑어보며 흐뭇한 미소를 지었다.

"모든게 다 준비 됐어! 오늘 밤 실험만 성공하면 나는 이제 부자야! 호호호호!"

아주머니는 옆에 있던 항아리에 물을 담더니 오로라 색의 물방울을 세번 정도 떨어트리고 그 안에 말라비트러진 도마뱀, 가시가 달린 나뭇가지, 하얀 쥐를 넣었다. 항아리 안에서 끓어오르는 물이 걸쭉해지고 고약한 냄새가 났다.

"윽!"

나도 모르게 코를 부여잡았다.

"이게 무슨 소리지?"

내 기척을 느꼈는지 아주머니는 허리를 숙이고 주변을 살피기 시작했다.

여기저기 코를 킁킁 거리며 냄새를 맡는게 꼭 곰이 먹잇감을 찾는 것 같았다. 나는 커다란 항아리 뒤에 있는 책 더미들 사이로 몸을 더 숨겼다.

"이 근처에서 소리가 났는데?"

아주머니의 숨소리가 점점 가까워 졌다. 나는 그 순간 어릴적 읽었던 '헨젤과 그레텔'의 이야기가 생각났다. 마귀할멈을 무찌르기 위해 헨젤과 그레텔이 했던 행동처럼 나는 용기를 내기로 했다. 마침 아주머니가 뒤를 돌았을 때 앞에 있던 항아리를 있는 힘껏 밀었다.

"으아악!!"

항아리가 넘어지면서 항아리에 있던 물이 아주머니를 향해 쏟아졌다. 그때 뿌연 연기가 아주머니를 덮기 시작하더니 아주머니는 사라지고 돌멩이 하나가 나타났다.

"돌멩이..?"

보석을 만들기 위해 끓였던 마법의 약은 결국 완성하지 못한 채로 아주머니에게 부어져서 보석이 아닌 돌을 만들어 버렸던 것이다.

나는 다리에 힘이 풀려 풀썩 주저앉고 말았다. 그때 삼촌이 내가 있는 지하 창고의 문을 따고 들어왔다.

"은찬아! 괜찮니?!"

"저는 괜찮아요 삼촌, 너무 무리를 했나 봐요. 그런데 리카가.."

리카가 있던 새장을 바라보니 리카는 기력을 잃고 쓰러져 있었다. 삼촌이 말했다.

"삼촌이 어렸을 때 요정을 발견했던 그 숲으로 가보자, 아마 리카가 건강을 되찾을 지도 몰라."

"네 좋아요."

나와 삼촌은 문방구를 빠져나와 차를 타고 숲으로 향했다. 우리 집에서 멀지 않은 곳에 공원이 보였다. 그 뒤로 쭉 산이 뻗어있는데 산속으로 들어가다 보면 유독 커다란 소나무가 우거진 숲길이 나온다고 한다. 삼촌은 그곳에서 요정을 본 적이 있다고 했다. 걷다 보니 비는 그치고 해가 뉘엿뉘엿 모습을 감추고 있었다. 그때 소나무가 하나 둘 보이기 시작했다.

"은찬아 리카 좀 보렴! 본 모습을 되찾아 가고 있나 보구나!"

반짝이는 노란 머리카락에 새하얀 피부, 바다처럼 파랗게 일렁이는 눈 과 아름다운 날개가 리카의 본 모습을 보여주고 있었다.

"아름답다..."

리카가 내 품을 벗어나 날아올랐다.

-"신기해! 몸이 가볍고 아픈 곳도 없어! 날개도 튼튼해졌는걸?"

리카는 신난 어린아이처럼 여기저기를 날아다니다 다시 내 앞으로 날아왔다.

-"은찬아 마녀에게 속아 빛을 잃고 사라질뻔한 나를 지나치지 않고 구해줘서 고마워. 덕분에 내가 원래의 모습으로 돌아올 수 있게 되었어."

"아니야 리카, 어느 누구라도 너를 지나치지 못했을 거야."

-"내가 갇혀 있는 동안 많은 사람들이 지나쳤지만 나를 발견하는 건 어려운 일이었어. 은찬이의 관심과 용기가 없었다면 나는 빛을 잃고 사라져버리고 말았을 거야. 너는 정말 강한 아이야. 보답의 의미로 내가 선물을 하나 줄게."

리카가 눈을 감고 숨을 한번 크게 쉬니 주변의 나무들이 살랑이며 흔들렸다. 그때 나뭇잎들이 나의 다리를 감싸기 시작하더니 다리에서부터 시원한 무언가가 올라오는 것 같았다.

-"자, 이게 내 선물이야. 시간이 조금만 흐르면 다리는 좋아질 거야. 축구도 하고, 달리기 시합도 할 수 있겠지 그러니 지금 다리가 조금 불편하다고 속상해하지 마."

나는 터질 것처럼 눈물이 차올랐다.

"고마워 리카."

리카는 나와 삼촌에게 다시 한번 인사를 하고 소나무가 우거진 깊은 숲속으로 돌아갔다.

"삼촌, 저는 다리도 불편하고 친구들보다 키도 작아서 멋진 어른이 되지 못할 거라고 생각했어요. 하지만 리카를 구해주고 알았어요. 저도 대단한 어른이 될 수 있다는 사실을요."

"그럼, 은찬아 힘이 세지 않아도, 키가 크지 않아도 누구든 훌륭하고 대단한 일을 할 수 있는 거란다. 너처럼 말이야."

삼촌과 숲에서 나왔을 때는 어두운 밤이 되어있었다. 오늘은 밤 하늘에 달이 어느 때보다도 크고 밝게 빛나고 있었다.

여름 샤베트

발행 2023년 9월 20일

지은이 박세아, 김지현, 서영희, 물결, 불제비, 채온

라이팅리더 김세실

디자인 전혜민

펴낸이 정원우

펴낸곳 글ego

출판등록 2019.06.21 (제2019-000227호)

주소 서울특별시 강남구 테헤란로216, 12층 A40호

이메일 writing4ego@gmail.com

홈페이지 http://egowriting.com

인스타그램 @egowriting

ISBN 979-11-6666-382-6

ⓒ 2023. 박세아, 김지현, 서영희, 물결, 불제비, 채온

이 책은 저작권법에 따라 보호받는 저작물이므로 무단 전재 및 복제를 금합니다.